# ÉLISEZ-MOI
# À L'ÉLYSÉE !

Opticon Tessour

# ÉLISEZ-MOI
# À L'ÉLYSÉE !

Un entretien avec Pierre Pratlong, du journal
« Le cri du poisson rouge », sur ma vie, mon œuvre,
mon programme pour la présidentielle de 2037

© 2023 Opticon Tessour

Édition : BoD – Books on Demand, info@bod.fr
Impression : BoD – Books on Demand,
In de Tarpen 42, Norderstedt (Allemagne)

Impression à la demande

ISBN : 978-2-3224-6913-0
Dépôt légal : Février 2023

*À toutes les Françaises et à tous les Français*

*Et à Élise*

# I

## Opticon Tessour,
## un homme de la terre de France

*Pierre Pratlong :* **Bonjour, Opticon Tessour, comment allez-vous ?**

*Opticon Tessour :* Bonjour à vous aussi. Je vais bien, merci, en tout cas jusqu'à présent. Ma santé évoluera peut-être tout au long de cet entretien. Mais j'ai bon espoir, je suis robuste, vous ne m'abattrez pas comme ça ! Enfin, si jamais telle était votre intention !

**Rassurez-vous, Opticon Tessour, ma seule intention est d'informer nos lecteurs de la façon la plus objective possible. Justement, Opticon Tessour, l'an dernier, en 2032, vous avez créé la surprise en vous qualifiant pour le second tour de l'élection présidentielle, et vous avez été à deux doigts de battre le président sortant. Vous avez aussitôt annoncé que vous seriez à nouveau candidat en 2037, dans quatre ans maintenant. On a beaucoup parlé de vous, pourtant, finalement, vous connaît-on vraiment ? Qui êtes vous donc, Opticon Tessour ?**

Je suis avant tout un homme de la terre de France, fier de ses racines. Comme beaucoup de Français, j'ai des racines rurales, j'ai l'amour de la terre et de son histoire. À 83 ans, j'en aurais des choses à raconter ! Non, pas sur les dix dernières années, ce serait trop facile ! Je vous raconterai cela plus tard. Je pourrais plutôt vous raconter maintenant ce que j'ai vécu avant, et ce que l'on m'a raconté sur les temps passés, depuis le début du XXe siècle. Un de mes oncles a d'ailleurs écrit des livres à ce sujet. Un gars du coin, qui porte le même nom que vous, mais pas le même prénom. Peut-être un lointain parent à vous, qui sait ?

**Opticon Tessour, nous sommes donc peut-être tous deux de lointains cousins. Mais que cela n'influence en rien cet entretien ! Alors, allons-y, racontez-nous maintenant les temps passés !**

D'accord ! Mais tout d'abord, je précise qu'il ne s'agit pas pour moi de dicter mes mémoires, mais de montrer d'où je viens, avant de dire où je veux aller. Nous sommes ici, à Hyelzas, un paisible hameau du causse Méjean, en Lozère, qui dépend du village de La Parade situé à cinq kilomètres. Sans y être né, je l'ai toujours connu. Dans ma plus tendre enfance, le chemin pour y accéder n'était pas encore goudronné et le raccordement au réseau d'eau n'avait pas encore été effectué, par contre il y avait quand même déjà l'électricité depuis les années 1950, et le téléphone. Enfin, le téléphone... Il n'y avait qu'un seul poste pour le hameau, et pour avoir une communication, il fallait passer par une opératrice. La Lozère, le département le moins peuplé de France, fut d'ailleurs un des derniers à passer à l'automatique. Mais c'était déjà le progrès ! Auparavant, il n'y avait eu le téléphone qu'à La Parade, et un seul : la sonnerie retentissait dans la rue, car la personne chargée de répondre habitait à deux cents mètres. Je n'ai pas connu ce temps-là mais, par contre, j'ai connu l'arrivée de l'eau. Pour avoir de l'eau, il fallait autrefois la puiser à la citerne. C'était l'eau de pluie – il n'y a aucun ruisseau ou plan d'eau dans les parages. Quand il n'y avait plus assez d'eau pour remonter l'eau avec un seau, il fallait descendre dans la citerne pour remplir le seau avec des casseroles. Et quand il n'y avait vraiment plus rien du tout, il fallait faire deux kilomètres pour prendre de l'eau à la rivière la plus proche, la Jonte, ou à une source située à côté de celle-ci. Pour laver les draps, les dames se rendaient toujours à cette source, et elles remontaient la pente à pied, avec des draps qui, mouillés, avaient augmenté de poids. Il y avait bien eu jadis une mare à Hyelzas, mais elle avait été comblée, un enfant s'y étant noyé.

**Horreur ! L'arrivée de l'eau a  donc été un énorme progrès.**

Oh ! que oui ! Et pareil pour l'arrivée de l'électricité ! Auparavant, la production d'énergie se faisait surtout par la  force  musculaire, soit celle des hommes  et des femmes, soit celle des animaux : les bœufs et, pour les personnes les plus riches, les chevaux. Le travail manuel était vraiment manuel. Chaque commune avait son forgeron, son maréchal-ferrant, son tailleur, son maçon, ses commerçants. Des vendeurs ambulants passaient aussi pour vendre des cordes, des ficelles, du tissu, des lunettes aussi. Les autres habitants étaient agriculteurs et leur principal revenu venait de la production de lait pour la fabrication du Roquefort. Il fallait garder les brebis, les tondre, et les traire. L'agnelage avait lieu en février. Les normes d'hygiène n'étaient pas celles d'aujourd'hui : dans le lait, il pouvait y avoir plus que du lait, si les brebis en disposaient ainsi. Par exemple, si les brebis avaient un besoin pressant... Le fromage fait maison pouvait, lui, contenir des asticots : pour certains, cela lui donnait plus de goût.

### Mais c'est dégoûtant, tout ça !

C'est la nature ! Sur le Causse, on pouvait aussi trouver des chèvres, dont on utilisait le lait, des vaches parfois, des cochons souvent. À l'automne, on cherchait le bois pour l'hiver et la mise à mort d'un cochon était tout un spectacle. La pauvre bête criait à en mourir, et elle en mourait effectivement, tandis qu'on recueillait son sang pour en faire du boudin. La basse-cour fournissait des œufs et des volailles que l'on pouvait vendre à la foire, et le potager les légumes pour les repas. Ceux-ci comportaient toujours de la soupe, avec du lard, des pommes de terre ou des haricots, ou d'autres légumes. Quand un patron fermait son couteau Laguiole, cela voulait dire qu'il fallait repartir au travail. Dans les familles catholiques, il y avait le bénédicité, ainsi que la prière le soir avant de se coucher, voire le matin. Les gens étaient debout, appuyés sur une chaise, à réciter le chapelet ou d'autres prières.

### Êtes-vous croyant, Opticon Tessour ?

Nous verrons cela plus tard. Je continue ! Les hivers pouvaient être rudes. Certes, les maisons avaient des murs très épais, un mètre et plus, avec de petites fenêtres. Une grande cheminée, où l'on pouvait s'installer, apportait chaleur et lumière. Lors des veillées, chacun s'occupait en discutant de tout : on y triait les noix, on y tricotait, on y jouait aux cartes... Ailleurs, l'éclairage laissait à désirer : il y avait les lampes à pétrole, les lampes à acétylène, ou avec une bouteille de gaz, ou tout simplement les bougies. Les chambres étaient froides, il pouvait même y geler. Pour se chauffer au lit, il y avait le moine (un appareil contenant de la braise). Ce nom viendrait de l'usage ancien, dans les monastères, d'utiliser un jeune moine pour chauffer le lit des plus anciens – d'où cette expression :« mettre le moine au lit. »

**Pittoresque !**

Certes ! Le matin, chacun faisait sa toilette dans la chambre, avec une carafe d'eau et une bassine. La douche était alors inimaginable. On naissait et on mourait dans une chambre, souvent au même endroit. La femme accoucheuse aidait dans le premier cas, et le curé apportait les derniers sacrements pour le second. Entre les deux, le médecin était bien loin. On le faisait venir pour les cas graves. À cause de la de cataracte, on pouvait devenir aveugle. Les hommes mouraient en général avant 75 ans, les femmes à cet âge ou peu après. La vie était rude, mais c'était ainsi, on ne se plaignait pas. Aujourd'hui, la vie est en général moins rude, et on se plaint tout le temps ! C'est ainsi ! Autre chose : le petit coin, bien sûr, c'était dehors, avec cependant le pot de chambre à l'intérieur.

**Un objet alors bien familier !**

Oui ! Peut-être trop ! Un jour, j'ai failli en revoir un sur la tête ! Le matin, ma mère le mettait sur le rebord de l'escalier. Ce jour-là, elle l'avait posé un peu vite, et comme j'étais en-dessous, j'en ai reçu une goutte !

**Elle vous a baptisé !**

Mouais, si l'on veut ! Autrefois, on faisait aussi boire aux jeunes mariés un liquide évocateur, plus ou moins marron, dans un pot de chambre, pour leur montrer que tout ne sera pas toujours rose dans leur vie... Autrefois aussi, il y a plus longtemps encore, dans les rues en ville, on proposait aux dames de quoi se cacher. « Chacun sait ce qu'il a à faire », disait celui qui proposait ce service. Mais je reviens à mon histoire. Tout ce monde se déplaçait à pied, voire à cheval, sur des distances et dans des conditions que l'on imagine mal aujourd'hui. Les jeunes comme les vieillards ! Avant d'avoir eu une voiture, le facteur pouvait faire ainsi quelque trente kilomètres à pied lors de sa tournée. Pour aller à la messe le dimanche, au catéchisme le jeudi, et à l'école les autres jours, les enfants faisaient aussi des kilomètres et des kilomètres à pied. Pour pouvoir prendre la communion, il fallait être à jeun : pour les habitants d'Hyelzas, cela faisait cinq kilomètres à pied, le ventre vide, et parfois dans la neige. Heureusement, la communion, ce n'était pas chaque dimanche. Ces longues marches à pied rappellent ce qui se fait encore dans de nombreux pays, où l'on peut voir des gens marcher, alors qu'ils sont loin de tout. Avant leur macadamisation dans les années

1960, les chemins étaient caillouteux, et des ornières se formaient régulièrement. Le passage de voitures à chevaux, avec des roues ferrées, les abîmait, et les habitants, voire un cantonnier, devaient les réparer en empierrant les trous. Dans ce monde rural, la mécanisation avait été un progrès, avec notamment l'arrivée des tracteurs pour remplacer les bœufs, après la dernière guerre. Jadis, la fenaison se faisait avec la faux, et il fallait battre le blé avec un fléau, et les bœufs ou le cheval tournaient sur l'aire pour égrener les épis. Enfin, aux temps vraiment anciens, car les machines existaient au début du XXe siècle. Il y eut d'abord des machines tirées par un cheval, puis des machines à moteur. La dernière guerre, ai-je dit : façon de parler, car il y en eu d'autres après. Ici sur le causse, comme ailleurs, celle de 1914 avait été horrible. Une famille compta jusqu'à quatre fils tués à la guerre, plus un dernier juste après, mort des suites de ses blessures. Ailleurs en France, sur dix enfants d'une même famille partis à la guerre, six y furent tués, et deux autres moururent peu après, toujours des suites de leurs blessures. À peine, vingt et un an après, la guerre recommençait déjà. Pendant l'Occupation, les Allemands ne vinrent jamais à Hyelzas, qui était trop à l'écart. Par contre, certains de leurs habitants furent pris en otage, au risque d'être fusillés, quand les Allemands vinrent à La Parade et se heurtèrent à des résistants, le dimanche de Pentecôte, 28 mai 1944. Pour le coup, ma mère faillit y passer, et il n'y aurait pas eu alors d'Opticon Tessour ! Avec sa propre mère, et deux de ses frères, elle s'était en effet rendue à La Parade pour porter le lait à la laiterie et assister à la messe. Après deux guerres mondiales, la guerre d'Indochine et celle d'Algérie (non reconnue comme une guerre à l'époque), la paix avait pu s'installer un peu plus durablement, en tout cas en France même. Les années ont passé, tout cela peut désormais sembler bien loin, le monde a bien changé, ainsi que les conditions de vie, la technologie a évolué, les mentalités aussi, mais le monde est-il devenu plus sage pour autant ?

**Grande question !**

Nous sommes aujourd'hui en 2033. Il y a un siècle, Hitler arrivait au pouvoir. En 1939, il envahissait la Pologne. En 2022, il y a à peine plus de dix ans, un certain Poutine envahissait l'Ukraine. On peut se demander s'il y a eu progrès. Certes, les pays vraiment démocratiques ne se font plus la guerre entre eux. Le trio, autrefois turbulent, composé de l'Angleterre, de l'Allemagne et de la France est ainsi en paix. Les pays démocratiques peuvent guerroyer loin de chez eux, parfois pour de bonnes raisons, parfois pour de moins bonnes. Le pouvoir n'est pas chose facile à exercer. D'une façon générale, cependant, les statistiques montrent une baisse de la violence, y compris au niveau domestique. Si elle nous frappe, c'est qu'on en parle plus, et c'est tant mieux. La violence peut toujours resurgir avec des pics imprévus. Que faut-il en penser ? Et qui suis-je pour en penser quoi que ce soit ?

**C'est justement ce que les lecteurs aimeraient savoir !**

Il est vrai que je vous ai raconté le monde d'hier sans me présenter. Peut-être aurais-je dû commencer par là, ma modestie dût-elle en souffrir. Souffrez donc (à votre tour, vous et vos lecteurs) que je me présente : Opticon Tessour, 83 ans, retraité (malgré le recul de l'âge de la retraite, c'est possible !), retraité du Trésor public plus précisément, marié, père et grand-père, originaire de la Ville rose, Toulouse. Opticon Tessour ? Opticon ? Vous vous doutez bien que ce n'est pas mon nom à l'état civil. Tout le monde le sait, d'ailleurs. J'ai expliqué son origine dans mon livre « Tout cela a-t-il un sens ? », dont je ne peux que vous conseiller la lecture – car c'est assurément une saine lecture. Ce livre explique tout sur tout : rien que ça ! Pour l'état civil, je suis François Bonicel, et je vous propose, lors de cet entretien, de vous raconter ma vie, ainsi que celle du monde que j'ai connu, depuis ma naissance, le 1er avril 1950.

**C'était à Toulouse, si je suis bien renseigné ?**

Oui, à Toulouse, la Ville rose.

**Et un 1er avril ! C'est étonnant !**

Amusant peut-être, mais pas si étonnant que ça ! Après tout, on peut dire que tout le monde a une chance sur 365 de naître ce jour-là : rien d'extraordinaire, donc ! En tout cas, mon intérêt pour les poissons vient de là, mais nous en reparlerons.

**« Le cri du poisson rouge », mon journal, ne peut qu'apprécier ! Toulouse, ce n'est pas le monde rural. Vous êtes donc plutôt un enfant de la ville, n'est-ce pas ?**

Doucement ! Se dire de la ville, c'est beaucoup moins vendeur, politiquement parlant ! Mais je plaisante !

Rassurez-vous, je vous ai promis de ne rien censurer de cet entretien ! Vous pouvez me poser des questions embarrassantes, et même si je vous réponds un peu trop vite, spontanément, vous pourrez garder mes réponses. C'est cela, la liberté de l'information ! Mais à mon tour de vous poser une question : pourquoi un tel nom pour votre journal ? Vous savez que j'ai moi-même écrit un livre qui s'intitule ainsi, n'est-ce pas ?

**C'est vrai, c'est vous-même qui avez inspiré les créateurs de mon journal ! Pourquoi ce titre ? Vous le savez donc mieux que personne ! Parce que c'est un cri que personne n'entend ! Celui de la nature que l'homme assassine. Le paisible poisson rouge a tant à nous dire, mais personne n'est là pour l'écouter ! Et puis, parce que le journal est lui aussi né un 1er avril.**

Comme quoi, il y a donc beaucoup de naissances ce jour-là !

**Opticon Tessour, avant que vous ne nous parliez de votre vie en ville, auriez-vous quelque chose à ajouter sur la ruralité, le monde d'autrefois ?**

Oh ! mais oui ! Autrefois, il y avait la fameuse formule vichyste : *La terre ne ment pas.* Je ne cautionne évidemment pas ce régime, mais la formule montrait bien la noblesse du monde rural. On aurait d'ailleurs pu dire pareil pour nombre de métiers manuels, et de l'amour pour le travail bien fait. Aujourd'hui, certes, tout est devenu compliqué, les exploitations agricoles doivent être gérées comme des entreprises, les agriculteurs sont devenus des entrepreneurs, ils doivent aussi chercher des revenus complémentaires dans le tourisme, en louant des gîtes par exemple, mais il y a toujours autant de noblesse à travailler pour nourrir le monde. Jadis, un agriculteur travaillait surtout pour lui, c'était l'agriculture de subsistance. Maintenant, comme les agriculteurs sont beaucoup moins nombreux, ils nourrissent beaucoup plus de monde. Ne l'oublions pas ! Les Français ont une vision trop romantique du monde paysan. Ils ignorent les réalités. Ils ne voudraient que du bio, pas de bruit, même pas le chant du coq, pour ne pas être dérangés s'ils viennent à dormir dans le coin. Ils ne comprennent pas que le bio ne produit pas assez, qu'il y a de moins en moins d'agriculteurs et d'agricultrices, et que nous allons devenir dépendants de l'étranger pour nous nourrir. Et on embête encore les paysans s'ils ont des vaches, sous prétexte qu'elles produisent du méthane. Mais les bouses des vaches, cela fertilise les prairies, et cela favorise la biodiversité ! Et puis les vaches au grand air, c'est beau !

**Avez-vous la nostalgie des temps anciens ?**

Il ne s'agit pas de regretter ce qui n'est plus. Le monde change sans cesse, et autrefois la vie était rude. Il s'agit simplement de comprendre le monde et de combattre continuellement pour l'améliorer. Pourquoi faudrait-il regretter le progrès ? Grâce à lui, on vit mieux et plus longtemps. Certains, sous prétexte d'écologie, ne tarissent pas d'éloges sur la nature, sur la vie à la campagne proche de la nature, sur l'agriculture biologique et compagnie. Mais tout ce qui est naturel n'est pas forcément bon. Après tout, les champignons vénéneux sont naturels, mais il vaut mieux éviter d'en manger, non ? Et tout ce qui a subi des traitements chimiques n'est pas non plus à rejeter. La chimie ne fait que mélanger des molécules issues de la nature. Il y a là quelques vérités à rappeler. Et un gars issu ou proche de la ruralité est bien placé pour cela. Tel est le sens de ma candidature pour 2037. Il y a quelque temps, un candidat à la présidentielle avait eu pour slogan : « Un berger à l'Élysée ». Je serai moi-même un berger à l'Élysée ! J'ai d'ailleurs gardé des brebis. J'ai donc été berger. Certes, cela n'est arrivé qu'une fois, pendant les vacances. J'ai juste accompagné quelqu'un, en fait, mais je l'ai fait, oui ! Avec un morceau de pain à la main, j'appâtais une brebis, et les autres suivaient, comme des moutons !

**Je ne pense pas que les bergers procèdent ainsi.**

Oui, bien sûr, mais l'essentiel n'est-il pas que les brebis avancent quand on veut les faire avancer ?

**Sauf que, faire avancer des brebis, ce n'est pas les garder, pendant des jours, seul avec elles. Et puis, quand même, les Français ne sont pas des moutons !**

Ne commencez pas à chipoter ! Je ne prends absolument pas les Français pour des moutons ! Mais la France a bien besoin d'un berger. Je serai ce berger-là !

**Voilà une image quelque peu paternaliste, et démodée ! En 2033, on se fait quand même une autre image du président de la République !**

Oui, bien sûr ! Une image n'est qu'une image. Contrairement à d'autres pays, la France n'a pas de

Père de la Nation. Alors, laissez-lui celle du berger de la Nation ! Après tout, ce n'est pas bien méchant, et ça a un petit côté écolo qui ne devrait pas déplaire à tout le monde – même si, je vous l'accorde, il ne faut surtout pas considérer le président comme le sauveur suprême. Ni en revenir à des images où tel chef d'État était appelé et considéré comme le Chef, le Guide, le Conducteur, et j'en passe, tout un tas de titres avec des majuscules. On sait où cela nous a menés. Oui, finalement, on va peut-être éviter de parler de la nécessité d'un berger pour la France. Dommage ! Enfin, il n'empêche, si peu que ce fut, je me suis occupé de brebis ! Et je défendrai mordicus le fromage de Roquefort, non mais !

**Message bien reçu, Opticon Tesssour. Je vois que vous n'êtes pas buté, et savez évoluer, c'est bien ! À défaut de devenir président, vous pourrez toujours faire de la publicité pour ce fromage !**

C'est une bonne idée ! Mais n'y comptez pas trop, cela voudrait dire que je vais perdre la prochaine élection, ce qui n'est nullement mon intention ! Je sens ce que ressentent les Français, et la prochaine élection, je la sens bien aussi. Un homme politique doit toujours savoir d'où vient le vent, afin de prendre la bonne direction. À 83 ans, je ne suis pas encore un vieux briscard de la politique, mais je m'améliore !

**83 ans ! Si vous étiez élu en 2037, vous en auriez 87, et 92 en fin de mandat. Est-ce bien raisonnable ?**

Je sais que sous la V$^e$ République, on n'élit que des gamins : pas même un seul septuagénaire lors de son élection ! Jules Grévy, au XIXᵉ siècle, fut pourtant élu à 71 ans, réélu à 78 ans, et il en avait 80 quand il dut démissionner, à cause d'un gendre corrompu. Et puis, il y a aussi le cas de Pétain : 84 ans en 1940.

**Une référence un peu douteuse ! À son propos, De Gaulle a conclu : « La vieillesse est un naufrage ».**

Laissons donc Pétain de côté ! Aux États-Unis, Joe Biden est bien devenu président à 78 ans. Au Brésil, Lula en avait 77 lors de sa réélection en 2022. Je n'ai que quelques années de plus. Les temps changent, on vit plus longtemps, les présidents aussi. Et puis, est-ce plus mal ? Un président âgé a plus vécu, il en a vu d'autres, il recherchera moins la gloriole qu'un président plus jeune, il sera moins va-t-en guerre, plus modéré...

**Au risque d'être même plus endormi, non ?**

Rassurez-vous, je ne fais pas la sieste ! Je serai un président bien éveillé ! Je dors d'ailleurs très peu ! Debout très tôt, couché très tard, et donc dispo un maximum de temps !

**Frais et dispo, vraiment ? Vous avez déjà bâillé plusieurs fois !**

Broutilles ! Je suis tout ouïe avec vous ! Et déjà en pleine forme pour 2037 ! Bon pied bon œil ! Et si je bâille, ce n'est pas que j'aie sommeil ou que je m'ennuie avec vous, c'est juste que j'ai mal dormi. Cessez donc de chercher midi à quatorze heures ! De toute façon, avec l'heure d'été – que l'on n'a toujours pas supprimée ! – à quatorze heures, c'est midi à l'heure solaire !

## II

## Opticon Tessour et l'école :
## donner la priorité à l'éducation

**Opticon Tessour, revenons à votre enfance. Comment était la vie dans votre ville, à l'époque ?**

La rue qui menait au centre ville comportait encore par endroit les rails du tramway, depuis longtemps supprimé. À l'époque, on avait supprimé les tramways dans la plupart des villes. Maintenant, on les a remis : ironie de l'histoire ! À Toulouse, on a préféré le métro. Jamais, on n'aurait imaginé avoir le métro à Toulouse ! Comme à Paris ! Curieusement, à Toulouse, le métro est une idée de droite, tandis que le tramway est de gauche. On a quand même une ligne de tramway, qui se divise en deux pour desservir des destinations différentes. L'éclairage public faisait parfois quelque peu vieillot : des ampoules pendaient au-dessus du milieu de la chaussée, abritées par des sortes d'assiettes. C'est du moins ainsi que je les voyais. Près de la maison de mes parents, il y avait une fontaine publique. Ceux qui n'avaient pas encore l'eau courante venaient y remplir des récipients.

**Et chez vous ?**

La maison était neuve, mais sans chauffage central. Le rez-de-chaussée était chauffé par la cuisinière. À l'étage, il y avait un poêle à pétrole. En hiver, il fallait laisser les portes des chambres ouvertes. Il n'y avait pas de frigo. On creusait un trou dans la terre, on le remplissait d'eau, en faisant le nécessaire pour qu'il la retienne, et on allait chercher un bloc de glace à la glacière, qui n'était pas trop loin. Après quoi, on pouvait mettre les bouteilles au frais dans le trou. Les frigos existaient, bien sûr, mais ils devaient être chers, et puis il fallait payer la maison, il n'y avait plus de sous pour le reste ! Le confort est venu petit à petit, le frigo, le canapé, la télé. Outre la voiture d'occasion. La télé, c'était une chaîne en noir et blanc, avec des programmes uniquement en fin de journée. C'était quand même la magie du début des années 60. Avec mon petit copain, on s'amusait regarder pousser les antennes télé sur les toits des maisons.

### Étiez-vous un enfant sage ?

Oui, bien sûr ! Certes, j'ai bien dû faire deux ou trois bêtises, comme tous les enfants, mais si peu ! Nous habitions non loin d'une voie ferrée. Je m'amusais à mettre des cailloux du ballast sur la voie pour voir si le train allait dérailler, mais je n'ai jamais eu beaucoup de succès ! Mais c'était en tout cas super de voir les locomotives écrabouiller mes cailloux ! Le feu me fascinait aussi. Je voulais voir comment tout prenait feu. Je mettais un tissu ou je ne sais quoi dans le poêle à pétrole ou dans le réservoir de la voiture, puis j'y mettais le feu. Et ça brûlait bien ! C'était captivant, le feu ! Vraiment !

**Mais vous étiez un pyromane ! Et il n'y a jamais eu d'incendie ?**

Non ! Enfin si, une fois, à l'école...

**Racontez-nous ! Et parlez-nous de votre école, de vos écoles, car il a dû y en avoir plusieurs ?**

L'incendie ? Je n'y étais pour rien, ou presque ! Mais tout d'abord, il faut que je vous dise que j'ai été un élève précoce : j'ai commencé l'école buissonnière dès l'école maternelle ! Oh ! ce n'était pas pour aller courir ici ou là, mais la maîtresse avait été méchante avec moi, alors je me suis arrêté dans la rue, sans oser aller plus loin. Quelqu'un m'a demandé ce que je faisais là, je le lui ai expliqué, et cette personne m'a ramené chez moi. Le lendemain, je suis quand même retourné à l'école. Ma grande sœur m'avait promis qu'elle serait dans le couloir, pour me défendre en cas de besoin. J'ai regardé : elle n'était pas dans le couloir ! Elle m'avait menti ! Je le lui ai longtemps rappelé. Enfin, je ne peux pas lui en vouloir, car quelques années après, elle m'a sauvé la vie quand je me noyais à la mer. Celle-ci était un peu agitée. Mon autre sœur, plus raisonnable, avait préféré sortir de l'eau. Heureusement, un homme a sauvé la vie de ma grande sœur, et la mienne, car elle se noyait elle aussi parce que je m'agrippais à elle. Donc je lui pardonne, pour le coup de l'école maternelle. Et puis, il y a prescription !

**Quelle bonté, alors que c'est vous qui la faisiez couler ! Et l'incendie ?**

Je perçois de l'ironie dans votre remarque. Vous avez somme toute raison. Il faut aussi que je vous dise que j'étais un élève très sage à l'école. Assis au fond de la salle de classe, près du radiateur, on ne savait même pas que j'étais là. J'adorais regarder par la fenêtre, rêver en contemplant les nuages, guetter les oiseaux, les papillons...

**Vraiment ?**

À l'époque, avant les vacances, on chantait : « Les cahiers au feu, et les maîtres au milieu ! », et on avait raison !

**Et vous voulez devenir président, en racontant tout ça ? Le monde de l'éducation appréciera !**

Vous voyez tout en mal ! Quel enfant n'a pas chanté ça ? Et puis, j'ai un peu grossi le trait, ne prenez donc pas tout à la lettre ! Restez-en à l'ironie ! La vérité est que tout n'était pas rose. C'était encore l'époque des encriers et du papier buvard. Il fallait éviter de faire des taches. Des taches sur le papier buvard, ça allait encore. Les écoliers de ce temps-là avaient inventé les tests de Rochbach sans le savoir ! Ils pouvaient imaginer mille et une choses dans ces taches. Par contre, une tache sur le cahier, et attention la punition ! Comme si on y était pour quelque chose ! L'introduction du stylo fut une véritable révolution ! Les maîtres n'aimaient pas ça. Si on écrivait mal : retour obligatoire à l'encrier ! Il est vrai que c'était moins joli avec le stylo, mais c'était tellement plus pratique ! Le stylo : une révolution, oui !

## Et l'incendie, alors ?

L'incendie ? Trois fois rien ! Mon école primaire était une école très « Jules Ferry », si je puis dire, avec un côté pour les garçons, et un côté pour les filles : c'était marqué dessus, au cas où on se tromperait. Devant, il y avait un urinoir très vieille France. Pas très « égalité des sexes », mais c'était le vestige d'un temps où les femmes restaient plus à la maison. Et puis à côté de l'école républicaine, il y avait la vieille école qui ne servait plus. À l'époque, on employait le pluriel : les vieilles écoles. Pour être vieilles, elles étaient vieilles ! Il était prévu de les démolir, mais elles étaient toujours là. Dans ces vieilles écoles, toutes les classes étaient séparées, chacune avait un accès direct à l'extérieur par un escalier, il n'y avait aucun couloir. À côté de la porte d'entrée, il y avait une fenêtre, et une autre à l'autre bout de la classe. Quand des travaux furent prévus dans l'école de style « Jules Ferry », ma classe fut provisoirement déménagée dans les vieilles écoles. Comme j'étais bien entendu au fond de la classe, près du chauffage – je précise que c'était un poêle à charbon – j'étais captivé par ce poêle. À l'époque, ces poêles existaient encore dans certaines écoles, avec la corvée de charbon le matin. J'ai connu ça. Dans mon école, il y avait des tas de papiers à côté du poêle : des cahiers ou je ne sais quoi. Pendant la classe, je m'amusais parfois à rapprocher un papier du poêle, pour voir s'il allait prendre feu. Je regardais, et puis je n'y pensais plus. Il fallait quand même que je regarde aussi la maîtresse, sinon j'aurais fini par me faire remarquer ! Quoi qu'il en soit, un matin, en me rendant à l'école, j'ai vu beaucoup d'agitation dans la rue, puis j'ai vu les pompiers...

**Et l'école ?**

Complètement cramée !

**Par votre faute !**

Je n'en sais rien, oui peut-être, sans doute, je ne sais pas, moi ! De toute façon, je le répète, l'école devait être démolie. Les choses sont allées plus vite que prévu, c'est tout ! Et puis j'étais un enfant, c'était à la maîtresse de surveiller qu'il n'y avait rien d'anormal quand elle a quitté la salle de classe. En plus, à l'époque, comme beaucoup d'enfants, je voulais devenir pompier.

**Toujours la passion du feu ! Vous avez encore d'autres révélations comme celle-ci ?**

Non, rassurez-vous ! Mais ne vous attachez pas trop à tout cela, une broutille, un feu de paille pour ainsi dire ! Considérez plutôt mon attachement profond à l'éducation. Après tout, dans mon programme, c'est une priorité. Nous y reviendrons.

**Et après cette école, vous en avez cramé d'autres ? Pardon : vous avez fait d'autres écoles ?**

Très drôle ! Bien sûr : collège, lycée, fac. Des écoles privées et publiques. Je préfère l'école publique, celle de Jules Ferry, celle de la République et de la laïcité. Je crois aussi beaucoup à l'enseignement de l'histoire. Il ne faut pas se contenter d'enseigner quelques tableaux par-ci par-là de notre histoire, mais il faut enseigner toute l'histoire de France, et l'histoire d'ailleurs aussi. Certes, il ne s'agit pas d'en revenir au roman national, mais il s'agit de ne pas répéter les erreurs du passé. Je crois aussi à l'enseignement précoce de l'esprit critique. Non pour élever de futurs révolutionnaires, mais là aussi, pour éviter de croire n'importe quoi. Depuis le développement d'Internet, c'est devenu rien de moins que vital.

**Vous avez dit que vous vouliez donner la priorité à l'éducation, n'est-ce pas ?**

Ce sera une priorité, mais il y en aura d'autres, comme – c'est maintenant devenu traditionnel depuis de nombreuses années – l'adaptation au réchauffement climatique. Mais c'est un autre sujet, sur lequel je reviendrai.

**Si vous étiez élu président, il vous faudrait parler anglais. Le parlez-vous couramment ?**

Quelle drôle de question ! C'est quoi ce diktat du tout anglais ? Je vous parlerai de la francophonie dans mon programme. Et de la défense du français et des langues dites régionales. Même des langues non officielles ! À Toulouse, on multipliait ainsi autrefois les « con » dès qu'on ouvrait la bouche : « Boudu con ! », « Eh bé con ! ». Pas très académique, mais très couleur locale, avec des verbes comme par exemple « bouléguer » pour « mélanger », « péguer » pour « coller », « aller péter » pour « aller loin »... Et je ne vous parle pas des jurons, macarel ! C'est là tout un grand patrimoine linguistique qu'il faut savoir sauvegarder. Outre, bien sûr les langues régionales – sans oublier l'enseignement des langues étrangères autres que l'anglais. Tout écolier devrait en connaître au moins une, comme l'allemand, l'espagnol, l'italien. Défendre ces langues, c'est aussi défendre l'Europe et, s'il y a réciprocité, c'est aussi défendre la langue française. Apprendre une langue étrangère, c'est aussi apprendre une autre culture, s'identifier à elle. Quoi de mieux pour renforcer les liens européens ? Ce qui n'empêche pas de se rappeler aussi des langues régionales ! En attendant, « volem viure al païs ! » et « gardarem lo Larzac ! ». Non, mais ! Oui, je sais que certains disent plutôt : « Volem rien foutre al païs ! ». Mais ne les écoutez pas, il y a énormément à faire au pays, faisons-le, et défendons tous les parlers de France et d'ailleurs !

**Opticon Tessour, souhaitez-vous poursuivre en occitan ? « Le cri du poisson rouge » a des articles en occitan.**

Non, je veux m'adresser à tous les Français, et non seulement à ceux qui parlent l'occitan. Et puis, l'occitan a plusieurs variantes, ou dialectes, il faudrait savoir lequel utiliser. Celui d'ici, sans doute, mais je ne le maîtrise pas assez.

**Comme l'anglais ?**

Vous avez deviné !

# III

## Opticon Tessour et la laïcité :
## un homme de conviction

**Êtes-vous croyant, Opticon Tessour ? Êtes-vous issu d'une famille croyante ?**

Comme la plupart des Français, je suis issu d'une famille catholique, sans être croyant pour autant. Du moins maintenant. Quand j'étais petit, je voulais devenir curé. Beaucoup de garçons pouvaient en rêver, soit qu'ils admiraient la prestance du curé quand il prêchait, soit par foi, tout simplement. Pour moi, c'était plutôt ce dernier cas. Mon côté mystique... Et puis, un jour, j'ai lu dans une revue un article de quelqu'un qui disait qu'il avait prédit la guerre des Six Jours cinq semaines afin qu'elle ne survienne. Cette guerre, c'est la guerre de 1967 qui a permis à Israël d'occuper la Cisjordanie, la bande de Gaza et le Sinaï. Cela m'a interpellé. Je ne le savais pas, mais cette lecture devait me conduire dans un groupe sectaire.

**C'est quoi, cette histoire ?**

Il s'agit surtout de l'histoire d'un homme, et de l'influence de la mentalité américaine. L'homme, c'était un certain Herbert W. Armstrong, né en 1892. Il fut tout d'abord publiciste, jusqu'au jour où sa femme l'amena à croire qu'il fallait respecter le repos du sabbat. Il voulut alors lui prouver qu'elle avait tort, mais il n'y réussit pas. En même temps, il se persuada que la théorie de l'évolution était fausse, et que la Bible disait la vérité. Il rejoignit alors une petite Église issue du mouvement adventiste – ce mouvement qui avait cru que le Christ allait revenir sur terre en 1844. Il en devint ministre, mais il avait l'esprit trop indépendant pour cette Église, et il en vint petit à petit à construire son propre ministère, sa propre Église, ce qui lui permettait d'enseigner librement les vérités qu'il pensait avoir découvertes dans la Bible. Il créa aussi une émission de radio et une revue, et se mit à enseigner ce qu'on appelle depuis l'armstrongisme.

### C'est-à-dire ?

C'est le nom donné à l'ensemble de ce qui constitue les enseignements d'Armstrong, à savoir le respect des lois de l'Ancien Testament – la Bible juive, si vous préférez – et donc le sabbat, les jours saints qui y sont mentionnés, les lois sur la nourriture, notamment l'interdiction de la viande de porc, la dîme, ou les dîmes plutôt, le rejet de la médecine, car il fallait confier sa guérison à Dieu, le rejet des fêtes comme Noël ou les anniversaires, le rejet de la croix comme symbole religieux, le refus de participer aux élections. Armstrong en était aussi venu à prêcher que lui seul avait restauré le véritable évangile, et que Dieu se reproduit dans l'homme, Dieu étant actuellement composé du Père et du Fils, et devant avoir de multiples enfants divins destinés à refaire le coup de la création sur d'autres planètes. Et puis, il y avait l'anglo-israélisme.

**Qu'es aco ? Pardon : c'est quoi ?**

C'est la croyance étrange que les Anglo-saxons contemporains sont issus de l'ancien peuple d'Israël. Armstrong y incluait aussi d'autres peuples européens, comme les Scandinaves, et même les Belges et les Français, du moins en partie. Selon lui, les Juifs ne constituaient qu'une partie de l'ancien Israël. Il y avait les Juifs et d'autres tribus, supposément perdues depuis. Dieu avait fait des promesses de prospérité à l'ancien Israël, et ces promesses ne s'étaient accomplies qu'à l'époque moderne, après des siècles de malédictions. D'où la prospérité du Royaume-Uni et des États-Unis – les deux pays qui ont dominé les deux siècles derniers. Ces pays devaient posséder ce que la Bible appelle « la porte de leurs ennemis ». Armstrong voyait là tous les points stratégiques du monde, comme Gibraltar, Suez, Singapour, Panama, Le Cap, Hong Kong. Tous contrôlés par les Anglo-saxons. Selon Armstrong, la France était issue de la tribu de Ruben qui avait perdu son droit d'aînesse, et c'est ainsi que la France avait perdu sa prééminence mondiale au XVIIIe siècle. Le problème, évidemment, c'est qu'aucune étude scientifique sérieuse ne venait confirmer cela, ni la génétique, ni l'histoire, ni l'archéologie, bien sûr. Et cela débouchait même sur une certaine forme de racisme, l'armstrongisme finissant par interdire les mariages interraciaux. C'était aussi ignorer toute la complexité des migrations humaines à travers l'histoire. Malgré tout, l'ouvrage d'Armstrong sur le sujet fut son plus grand succès : quelque six millions d'exemplaires furent envoyés gratuitement à ceux qui le demandaient. Du reste, c'était en partie un plagiat : il existait déjà un livre important sur l'anglo-israélisme, et Armstrong l'avait en partie copié.

**Étonnante, cette histoire ! Et vous y avez cru ?**

J'étais jeune, et c'était si bien présenté, j'ai gobé ! Et puis, surtout, il y avait les prophéties apocalyptiques d'Armstrong ! C'était là sa force de frappe ! Je vous rappelle que c'était un ancien publiciste. Ses écrits étaient percutants. Il annonçait la venue prochaine d'un monde merveilleux, après la fin du monde actuel. Dès la Seconde Guerre mondiale, il avait vu en Mussolini et Hitler les personnages prédits par la Bible pour la fin des temps. Après la guerre, il eut d'ailleurs du mal à se convaincre qu'Hitler était bien mort. Il continua cependant d'annoncer le retour du Christ, pressant les membres de son Église de lui envoyer de l'argent pour le soutenir dans ses efforts. Les membres devaient donner dix pour cent de leurs revenus à l'Église, avant même de payer les autres dépenses, comme les impôts. Une seconde dîme leur servait à aller à la Fête des Tabernacles où des ministres les restimulaient chaque année. Enfin, une troisième dîme, tous les trois ans, était pour les pauvres de l'Église. S'il y en avait... Et, en plus, les membres devaient donner des offrandes lors des jours saints, soit sept fois par an. Avec tout cet argent, Armstrong avait les moyens de ses ambitions. Son entreprise devint vite nationale, puis internationale. En 1953, elle atteignit l'Europe. Les années 60 et 70 du siècle dernier furent très mouvementées. En 1967, son épouse mourut. S'il est vrai que c'était elle qui l'avait amené à se consacrer à leur nouvelle foi, après elle Armstrong ne fut plus tout à fait le même, plus aussi raisonnable. Madame Armstrong aurait pu se faire soigner et guérir. Mais l'Église d'Armstrong enseignait qu'il fallait confier sa guérison à Dieu, non aux médecins. Plusieurs membres moururent à cause de cet enseignement. Plus tard, devenu âgé, Armstrong se confia pourtant aux médecins, tout en continuant de dire qu'il ne fallait pas se confier à eux. C'était la même formule : Faites ce que je dis, non ce que je fais. Les personnes bien informées pensent aussi que Madame Armstrong était au courant des agissements de son mari envers leur fille cadette : une sordide histoire d'inceste. Un livre sur ce sujet, d'un auteur apparemment bien informé, devait être publié des années plus tard. Il n'ébranla pas pour autant l'édifice construit par Armstrong.

**Eh bien ! Quel CV pour un leader religieux !**

Édifiant, n'est-ce pas ? Armstrong était, du reste, quelque peu obsédé par la sexualité. Il écrivit un livre pour condamner toute sexualité en dehors du mariage, y compris la masturbation. Il reprenait les vieilles légendes, cela rend sourd, etc.

**Pardon ? Je n'ai pas bien entendu !**

Ne plaisantez pas, c'est sérieux ! Pas que cela rende sourd, mais cette histoire ! Toujours selon le livre de l'auteur bien informé, Armstrong avait un cahier où il notait les jours où il s'était livré à cette pratique. Faites ce que je dis, non ce que je fais, encore. Mieux valait, non plus, ne pas être homosexuel. Si on l'était, on était pervers, il fallait se faire soigner. Était-on une personne divorcée remariée ? On vivait dans le péché : il fallait se séparer de son nouveau conjoint, seul le premier étant légitime. Des mariages furent ainsi brisés. Dans le meilleur des cas, il était permis de ne pas se séparer, mais de vivre comme des frères et sœurs. Par la suite, la doctrine fut assouplie, et les divorcés remariés furent laissés tranquilles. Quant à Armstrong, en 1977, il se remariait avec une divorcée – justement ! – de 38 ans. Lui, il avait quand même 47 ans de plus ! Ce mariage ne dura que cinq ans, et finit par un divorce. Faites ce que je dis, etc. Mais revenons aux prophéties ! En 1968, certains refaisaient le monde, et un autre Armstrong allait bientôt mettre les pieds sur la Lune. L'époque était vraiment révolutionnaire ! Pour des raisons que je n'expliquerai pas ici, notre Armstrong croyait, lui, au retour du Christ en 1975. Il pensait aussi que dès 1972, l'Église devrait se réfugier à Pétra, un lieu isolé mais très célèbre en Jordanie. Quand 1972 arriva, et que rien ne se passa, cela jeta un certain trouble dans l'Église, mais elle y survécut quand même. J'ai parlé, au début, de l'influence de la mentalité américaine. Pour nous Français, ces histoires sur le retour de Jésus, c'est assez bizarre, presque folklorique. Aux États-Unis, c'est différent, et à l'époque cela l'était encore plus. Dans les années 60, 70, 80, et même après, de nombreux Américains pensaient que la fin était proche, la guerre imminente, ainsi que le retour du Christ. Un certain Hal Lindsey vendit ainsi un livre à plusieurs millions d'exemplaires. Il y détaillait toutes les phases de la prochaine guerre mondiale. Son raisonnement était simple : le rétablissement des Juifs en Palestine en 1948, d'où ils avaient été chassés par les Romains presque 2000 ans auparavant, signifiait que la fin était proche, car en parlant de celle-ci, le Christ avait dit qu'elle arriverait du vivant de la génération ayant vu cela – c'est à dire la fin des sacrifices dans le temple de Jérusalem, ce qui supposait que les Juifs occupent la Vieille Ville et y rebâtissent le Temple. Une génération durant quarante ans, cela faisait arriver la fin avant 1988. Or, en 1967, les Israéliens reprirent la Vieille Ville. Tout semblait concorder. L'Église participa même à des fouilles archéologiques à Jérusalem, comme pour préparer le trône de David, l'ancien roi d'Israël, pour un futur roi. Là-dessus, en 1969, l'année de la Lune, un lecteur de la revue d'Armstrong, lequel avait lui aussi enseigné qu'Israël allait prendre le contrôle de la Vieille Ville pour rebâtir le Temple, un Australien nommé Denis Michael, décida de leur préparer la voie. Il voulut mettre le feu à la mosquée al-Aqsa, à Jérusalem. Même si l'incendie fut limité, cela déclencha la grande colère des musulmans. Son auteur finit interné pour problèmes mentaux. Du reste, il n'avait pas mis le feu au bon endroit : selon les spécialistes, c'est à l'emplacement de la Coupole du Rocher que le Temple devrait être reconstruit. C'est le centre du monde pour certains croyants, là où Abraham voulut sacrifier son fils Isaac à Dieu, là où Mahomet s'envola pour son voyage au ciel, là où Adam fut créé, là où il est enterré. Là où à côté, comment savoir ? Et à condition de croire à tout cela, bien sûr !

**Quelle histoire !**

Et je n'en ai pas fini ! Par la suite, après l'échec de ses prophéties, Armstrong se calma un peu. Il continua d'enseigner le retour du Christ, sans trop se focaliser sur des dates. Ce qui est remarquable, c'est que comme Lindsey, et comme aussi un auteur de politique-fiction, un certain Paul Erdman, il voyait l'Allemagne comme le futur État fort de l'Europe. Le livre de Paul Erdman s'appelait, selon sa traduction littérale, « Les derniers jours de l'Amérique ». Pour Armstrong, l'Allemagne réunifiée allait être à la tête d'une union de dix pays ou groupes de pays en Europe, venant de l'Est comme de l'Ouest. Quand le rideau de fer est tombé à partir de 1989, Armstrong a connu à nouveau son petit succès, posthume cette fois, mais, bien sûr, rien ne s'est passé ensuite comme prévu, l'Union européenne est restée pacifiste. Pour Armstrong, l'Union européenne devait avoir son führer et son faux prophète s'opposant au Christ à son retour à Jérusalem. Il est mort en 1986 sans avoir vu cela, et ce n'est assurément pas d'actualité. Le méchant, en Europe, a plutôt été la Russie.

**Effectivement !**

Mais je n'en ai pas fini avec l'histoire d'Armstrong ! Il avait un fils, qui était son bras droit. Le problème est que son fils était plus libéral que lui-même, meilleur orateur, et Armstrong supportait mal cette situation. En outre, son fils couchait avec des étudiantes de l'établissement d'enseignement que son père avait fondé, ainsi qu'avec des épouses de ministres. En 1972, Armstrong décida de l'écarter. Les revenus de l'Église chutèrent. Il faut dire que c'était le fils qui maîtrisait l'émission télévisée de l'Église, où il mariait l'actualité avec les prophéties bibliques. Le tout formait quelque chose qui avait un certain succès. Avec la chute des revenus, son père dut donc le réintégrer, avant de l'exclure définitivement en 1978. Son fils fonda alors sa propre Église, dont il fut lui-même exclu quelques années plus tard pour conduite immorale.

### Quelle famille !

Et je n'en ai pas fini ! En 1977, Armstrong eut un problème cardiaque, son cœur cessa de battre, mais il survécut. Il interpréta cela comme le besoin de remettre de l'ordre dans l'Église, devenue trop libérale selon lui. En pratique, outre l'exclusion de son fils, Armstrong se contenta de réinterdire le maquillage pour les femmes. Selon lui, c'était là un sujet très important. Mais, pour reprendre l'expression de Bobby Fischer, le champion d'échecs qui la fréquenta, l'Église restait « un panier de crabes ». En 1979, à l'initiative d'anciens membres, l'État de Californie envahit le siège de l'Église, accusant ses responsables de détournement de fonds. Il faut dire qu'Armstrong aimait vivre dans le luxe : jet privé, Rolls Royce, etc. Armstrong réagit en sollicitant l'aide de toutes les autres Églises, jusqu'alors pourfendues comme apostates, et en achetant des pages entières dans la presse pour dire que la liberté religieuse était menacée aux États-Unis. L'État de Californie dut abandonner les poursuites, et l'Église ressentit cela comme une victoire. Quant à Armstrong, depuis quelques années, il en était venu, à fréquenter les puissants de ce monde, comme Hussein, le roi de Jordanie, Léopold III, ex-roi de Belgique, l'empereur d'Éthiopie Hailé Sélassié, des premiers ministres israéliens comme Golda Meir, Rabin et Begin, les Égyptiens Anouar el-Sadate, Hosni Moubarak, et des premiers ministres japonais, outre Indira Gandhi, Margaret Thatcher, Deng Xiao Ping, le roi Juan Carlos, et j'en passe. Une visite en entraînait une autre. Armstrong offrait à chaque fois à son hôte un joli cadeau en cristal de Steuben. Selon lui, c'était là la nouvelle mission que Dieu lui confiait : annoncer l'évangile par le haut, celui des dirigeants, après l'avoir annoncé par le bas, celui du peuple ordinaire. En fait, il évitait de parler de religion, il faisait le diplomate, et était beaucoup plus vague, disant qu'il valait mieux donner que recevoir, ou que le monde avait besoin qu'une main forte, venant de quelque part, intervienne. Pour lui, c'était déjà prêcher l'évangile. Avec Deng Xio Ping, dont il se vanta d'avoir été le premier invité étranger, il en dit un peu plus au sujet d'une grande force européenne. Cela fit ricaner le dirigeant chinois. Armstrong, qui aimait le luxe, avait fait construire un magnifique auditorium dans lequel jouèrent les plus grands artistes, comme Montserrat Caballé, Luciano Pavarotti, Artur Rubinstein, Herbert von Karajan, Vladimir Horowitz, et tant d'autres. Dans ses dernières années, Armstrong se prenait pour un apôtre, le seul sur terre, l'Élie prophétisé selon certains avant le retour du Christ. En fait, d'après ses détracteurs, il était tel un pape, et un pape sans amour, d'un tempérament violent, vaniteux, aimant les flatteries, considérant les membres de son Église comme de stupides moutons. Pas terrible pour un chef religieux ! Les membres, eux, se sentaient flattés de participer à quelque chose d'aussi grand, de plus grand qu'eux, qui les dépassait. Son empire atteignit son apogée peu après sa mort, avec quelque 150 000 personnes aux assemblées religieuses, et sa revue gratuite qui tirait à huit millions d'exemplaires en sept langues, outre les émissions de radio et de télé dans de multiples pays. Après sa mort en 1986, son successeur, Joseph Tkach, juste désigné quelques jours auparavant, se mit à rejeter peu à peu plusieurs enseignements de l'armstrongisme. Il porta le coup de massue en 1994, la veille de Noël, en disant qu'il n'était plus nécessaire d'obéir aux lois de l'Ancien Testament, y compris celle relative au sabbat, ce qui entraîna un schisme et le départ de nombreux membres. Aujourd'hui, l'Église officielle est rentrée dans la norme évangélique, elle a même changé de nom, mais des centaines de groupes dissidents continuent les enseignements d'Armstrong, en le louant pour ses nombreuses qualités prophétiques, et tout et tout...

**Et vous, Opticon Tessour, comment êtes-vous sorti de là ? Car vous en êtes bien sorti, j'espère !**

Bien sûr ! J'avais fait partie des personnes séduites en 1967 par la prédiction du retour du Christ en 1975 et le merveilleux monde à venir qui devait suivre. Comme je vous l'ai dit, on aurait dû avoir la guerre dès 1972. Rien ne se produisant, je me suis éloigné de l'Église. Avec d'autres coreligionnaires, on a alors constitué un groupe religieux dissident. Enfin, plus exactement, on a rejoint un groupe religieux américain dissident. Devinez comment il s'appelait ?

**Aucune idée ! Dites-moi !**

L'Église du Poisson Rouge ! Original, non ? Même si son nom officiel était un tout petit peu différent.

**Étonnant ! Mais que vient faire le poisson rouge là-dedans ?**

Le pasteur général du nouveau groupe s'appelait Richard Kenner. Il a respecté la tradition qui voulait que l'Église s'appelle l'Église de Dieu. Armstrong avait dit que c'était important, puisque la Bible l'appelle ainsi. Dès qu'une nouvelle Église dissidente se créait, car il y en eut tout un tas, on ajoutait un qualificatif : « l'Église de Dieu ceci », ou « l'Église de Dieu cela. » Kenner décida, lui, d'appeler la sienne « l'Église de Dieu, l'Intemporel », un nom mieux traduit en français par « l'Église du Dieu Intemporel ». Comme il était catholique d'origine, et qu'il aimait bien les poissons rouges, il décida de mettre un bocal avec un poisson rouge dans chaque lieu de réunion. Cela lui rappelait la petite lumière rouge que l'on peut voir dans les églises catholiques, et qui indique la présence d'hosties consacrées dans le tabernacle, et donc la présence divine. Le poisson étant signe de vie, et ayant été le symbole des premiers chrétiens, Kenner avait trouvé cela inspirant. De là le surnom donné à l'Église : l'Église du Poisson Rouge.

**En tant que journaliste au journal « Le cri du poisson rouge », vous pensez bien que j'apprécie ! Mais j'espère que votre Église a su rester raisonnable, contrairement à la précédente !**

Oui, enfin, ce n'est pas si simple ! Certes, Kenner, c'était le jour et la nuit, par rapport à Armstrong. C'était quelqu'un de beaucoup plus jeune, quelqu'un de jovial, sympathique, et aussi plus libéral. Il a autorisé les divorcés remariés dans l'Église, avant qu'Armstrong fasse de même : c'était là le sujet le plus sensible à l'époque. Il a aussi discrètement écarté les doctrines un peu trop discutables, comme l'anglo-israélisme. Mais pour le reste, il a gardé l'essentiel des doctrines, comme le système des dîmes : après tout, l'argent est le nerf de la guerre. Mais il était plus souple sur leur mode de calcul : on pouvait les payer après avoir déduit les charges obligatoires. Kenner comprenait aussi qu'il peut y avoir de bons croyants dans toutes les Églises, alors qu'Armstrong en était venu à penser qu'ils ne pouvaient être que dans la sienne. Kenner ne se souciait pas non plus de rencontrer des rois ou de faire de grandes émissions de radio ou de télé, une belle revue gratuite, il préférait constituer une petite Église plus ouverte au monde, faisant de l'humanitaire, et prêchant sa foi par l'exemple. Avec lui, il devint plus facile aux personnes intéressées par l'Église d'assister aux assemblées. Du temps d'Armstrong, il fallait montrer patte blanche : quasiment produire un certificat de bonne moralité. Le problème est que certains trouvèrent que Kenner était trop libéral. Ils retournèrent vers l'Église d'Armstrong ou se mirent à tripoter des serpents.

**Pardon ?**

Je m'attendais à votre réaction ! C'est une vieille tradition dans le sud des États-Unis : des croyants se plaisent à tripoter des serpents pour accomplir une prophétie du Christ disant que ceux qui allaient le suivre feraient ainsi, et qu'il ne leur arriverait aucun dommage. Inutile de dire qu'il y a  parfois des morts. Pour les tripoteurs, en tout cas, c'est une façon de montrer leur foi.

**Et en France, y a-t-il de tels tripoteurs ?**

Même aux États-Unis, il ne faudrait pas croire que cela soit permis partout. En France, la rumeur a couru que certains de notre Église en étaient venus là. Comment savoir ? S'ils l'ont fait, c'était forcément en cachette.

**Et vous-même, vous en avez tripotés ? Cela ne m'étonnerait pas !**

Mais non ! Cela se voit, que vous ne me connaissez pas, j'ai la phobie de ces bêtes. Non, moi, j'ai eu un autre problème, avec le poisson rouge de l'Église. Comme j'habitais non loin du lieu d'assemblée, j'avais été chargé de le nourrir chaque jour. Et puis, un jour, quand je pénétrai dans le local...

**Oui, alors ?**

Le ministre et d'autres membres éminents de l'Église m'attendaient – une douzaine de personnes. Tout le monde avait l'air consterné. Un de mes amis m'expliqua ce qu'il en était : le poisson rouge était mort ! De fait, je le voyais, flottant à la surface de l'eau, étendu sur un côté. Toutes ces personnes se demandaient qui avait pu faire cela. Pour elles, il n'y avait pas de doute, la tension était telle dans l'Église, aussi bien aux États-Unis qu'en France, quoique moins en France, que cela ne pouvait être qu'un acte volontaire, un crime, un quasi sacrilège. Le journal de l'Église devait en parler avec ce gros titre : « Homicide dans l'Église : ils ont tué notre poisson rouge. » Selon mes coreligionnaires, il y avait plusieurs pistes. La plus simple était celle d'extrémistes, peut-être des serpentistes cachés, ou de ceux qui avaient la nostalgie de l'armstrongisme. Une autre piste était à l'inverse celle des progressistes qui critiquaient cette histoire de poisson rouge. Pour eux, il fallait libérer le poisson de son petit bocal. Mais de là à l'assassiner, ce n'était pas logique. Enfin, il y avait une dernière piste que personne n'osait évoquer trop ouvertement, car elle concernait la propre fille du ministre. Celle-ci s'était amouraché d'un jeune membre du courant progressiste. Alors ? Attentat ? Complot ? Crime passionnel ? Le ministre me dit que comme je passais un peu inaperçu au milieu de tout le monde, je pourrais enquêter discrètement auprès des uns et des autres. Sur le coup, je pris cela pour un compliment, même si cela pouvait être pris autrement. J'acceptai donc sa proposition.

**Vous voilà Sherlock Holmes, maintenant ! Et sur quoi a débouché votre enquête ?**

Je n'avais pas les moyens scientifiques de mon enquête, ou de toute enquête criminelle : on me refusait une analyse de l'eau, ainsi que l'autopsie du poisson décédé.

**Pardon ?**

Je plaisante ! Non, mais j'étais un peu gêné, quand même...

**Et pourquoi ?**

Tout simplement, parce que c'était moi qui avais tué le poisson ! Oh ! pas volontairement, c'était un simple accident ! J'avais par mégarde utilisé une éponge imbibée d'eau de Javel pour nettoyer le bocal. Le pauvre poisson en est mort intoxiqué. Une mort toute naturelle. Pas besoin d'enquête ! Que pouvais-je faire ? Reconnaître ma culpabilité ? Outre que ce n'était pas facile, j'ai pensé qu'il y avait mieux à faire. J'ai préféré quitter l'Église, au prétexte qu'elle s'était pervertie et qu'aucun groupe n'était plus dans le vrai. Mais c'était juste pour donner à mon départ un certain éclat. J'ai pris mes cliques et mes claques, et j'en ai fini avec tout ce monde. Et puis, petit à petit, j'ai réfléchi, j'ai cessé de me voir imposer les croyances d'autrui. Je me suis fait le chantre de la laïcité, et même de l'athéisme. Avec mon passé, je sais donc de quoi je parle.

**Vous ne croyez donc plus ?**

On croit toujours à quelque chose : à la raison, au progrès, à l'amour. Aucune divinité n'est nécessaire pour cela. Croire en une divinité n'explique d'ailleurs rien, cela ne fait qu'esquiver le problème du mystère de l'existence de l'Univers et de la vie. On s'en remet en tout à la divinité : un peu trop facile et, finalement, cette explication n'explique rien. C'est comme rêver. Mais les rêves ne doivent pas masquer la réalité, le concret. En tout cas, mon expérience me permet maintenant de mettre tout le monde en garde contre les méfaits du littéralisme – c'est cette pratique, surtout américaine, de prendre à la lettre un texte sacré. Mais aucun livre n'est sacré, ni la Bible, ni le Coran. Vénérer un livre particulier et lui seul, cela peut conduire au fanatisme, au djihadisme, au terrorisme, d'autant plus que dans ces livres, la divinité y est souvent cruelle. Les religions doivent savoir s'affranchir de certains textes. Le problème reste actuel. J'en suis aujourd'hui bien immunisé. Enfin, j'ai aussi appris qu'il faut en tout faire preuve d'un doute raisonnable. Pas un doute systématique, mais un doute qui recherche la vérité des faits. C'est là tout l'art de la zététique.

### La zététique ?

Le mot ne figure plus dans tous les dictionnaires, et c'est bien dommage. Chaque année, certains s'extasient sur les mots qui entrent dans le dictionnaire. Mais c'est au prix de ceux qui en sortent. La zététique, c'est un mot qu'il faut sauver ! En plus, n'est-il pas joli ? Disons, en simplifiant, que la zététique, c'est simplement l'art du doute, mais un doute intelligent, non systématique.

### Croyez-vous au destin, Opticon Tessour ?

Le destin, l'astrologie, et tout le reste ? J'ai appris que dans la vie, dans l'histoire, rien n'est jamais écrit, et que ce qui est aurait pu tout aussi bien ne pas être. Se croire destiné à accomplir ceci ou cela, ça peut être fort dangereux. Ce peut être le chemin d'utopies meurtrières, ou de sombres dictatures. Attention danger, oui ! Fuyons comme la peste ce genre de croyances !

Croire aux solutions miracles, aux sauveurs suprêmes, non merci ! L'important – et ce serait mon évangile à moi – est de rendre la vie moins merdique aux autres, et à soi-même, tant qu'à faire. Pardonnez-moi le mot *merdique*, mais il est expressif. Et l'important, c'est aussi de toujours se rappeler que nous sommes tous mortels. Cela remet toujours tout dans sa juste perspective.

**Il n'empêche, Opticon Tessour : vous faisiez l'école buissonnière, vous avez été pyromane, et membre de groupes sectaires. Avez-vous encore d'autres qualités cachées ?**

Vous, vous êtes toujours aussi ironique, en tout cas ! Vous avez une façon de traduire les faits qui est assez étonnante ! Eh bien, si vous voulez tout savoir, il faut que je vous parle de mon passage dans l'armée, car à l'époque le service militaire était encore obligatoire. J'avais pu le repousser pour poursuivre mes études – des études de droit, celles que l'on fait quand on ne sait pas quoi faire d'autre. Mais il vint un moment où il fallut affronter le problème de face.

**Je crains le pire !**

Vous allez être déçu ! À dire vrai, il y a très peu à raconter. Mais ce sera pour moi l'occasion de parler de mon amour pour la paix. Vous connaissez la maxime : « Si vis pacem, para bellum. » Soit : « Si tu veux la paix, prépare la guerre. » Mais moi, je ne voulais même pas préparer la guerre. Du reste, à l'époque, la France n'était pas en guerre. Je vais donc vous raconter cela.

# IV

## Opticon Tessour et l'armée : un homme engagé pour la paix

**Alors, Opticon Tessour à l'armée, cela a donné quoi ?**

C'était en 1973, je crois. C'était encore la guerre du Viêt Nam. Et puis on était dans la mouvance de la vague de mai 68. Autrement dit, dès le départ, l'armée, ce n'était pas ma tasse de thé. J'avais hésité à prendre le statut d'objecteur de conscience. L'armée, c'était douze mois de service. Le statut d'objecteur, c'était le double, passé à couper du bois pour l'Office National des Forêts. Et je n'avais pas spécialement l'âme d'un bûcheron.

**Alors ?**

Eh bien, sitôt incorporé, j'ai essayé de me faire réformer ! J'ai eu la chance de tomber sur un psychiatre compréhensif, et voilà !

**Comme ça ?**

Je vous passe les détails, mais je peux vous en dire quand même un peu plus. On m'a accusé de démoraliser la chambrée de l'hôpital militaire où j'avais atterri. De fait, on y discutait beaucoup. À force de discussions, j'avais fait des émules : tout le monde voulait être réformé ! Il valait donc mieux que l'armée m'écarte. Le bruit courait aussi que si quelqu'un se suicidait dans une chambrée, tout le monde était réformé. Il s'est trouvé qu'un de mes compagnons était quelque peu dépressif, à la suite d'une peine de cœur. Rien à voir avec l'armée ! Mais nos discussions sans fin ne lui avaient apparemment pas remonté le moral. On se mettait même à chanter « Le déserteur », comme Boris Vian. Une belle chanson, mais qui peut être aussi déprimante. Une nuit, sans rien dire, il s'est ouvert une veine. Le matin, il y avait du sang partout, c'était assez impressionnant ! Heureusement, l'un d'entre nous s'en est aperçu à temps. Le gars a pu être sauvé. Au final, ce qu'on racontait sur les suicides s'est réalisé, puisque nous avons tous été réformés. L'armée n'allait pas s'encombrer de fauteurs de troubles comme nous ! D'autant plus qu'on était en temps de paix. En temps de guerre, c'eût été quelque peu différent, n'en doutez pas !

**Dites donc, quand on veut servir l'État, ce n'est pas très glorieux ! Un ancien futur président, lui, avait fait appel quand on lui avait dit qu'il était réformé.**

Il ne fut pas le seul. Les deux situations coexistaient : les réformés qui ne voulaient pas l'être, et ceux qui ne l'étaient pas et qui voulaient l'être. Si quelqu'un ambitionnait une carrière au service de l'État, mieux valait ne pas être réformé. Pour ma part, à l'époque, je ne pensais pas travailler un jour pour l'État, et je n'ambitionnais pas encore d'entrer à l'Élysée. Et puis, de toute façon, en quoi cela gêne-t-il ? Quoi qu'il en soit, je reconnais maintenant que l'armée est un mal nécessaire, et qu'il peut être glorieux de s'y engager.

### Vous retournez vite votre veste, Opticon Tessour !

Vite ? Cela se passait quand même il y a soixante ans ! Et puis, retourner sa veste, c'est le propre des hommes d'État, qui ont le sens de la raison d'État. Quand on a vu, comme lors de ce siècle, l'ogre russe envahir ses voisins, on ne peut que se dire qu'il nous faut une armée forte, dotée de moyens humains et matériels importants. On apprend  par l'expérience et, vu  mon âge, croyez-moi, j'en ai beaucoup ! Cela dit, j'étais et je reste pacifiste. Il faut toujours éviter la guerre, mais il faut aussi toujours s'y préparer, et savoir que, parfois, il faut quand même y aller. On ne vit pas au pays des Bisounours, après tout !

### En 1917, auriez-vous été poilu jusqu'au bout,  ou ou mutin, et en 1940, collabo ou résistant ?

Drôle de question ! Soldat en 1917, forcément. Ni déserteur, ni mutin, probablement, même si je n'en sais rien. Nul ne peut dire ce qu'il aurait fait. Comme en 1940, d'ailleurs. La guerre met chacun dans des situations difficiles. Les choix à court terme peuvent se révéler fort mauvais à long terme, au jugement de l'histoire. Mais l'histoire peut aussi finir par se montrer compréhensive. Elle le devient pour les soldats de 14-18, les fusillés pour l'exemple, par contre elle ne pardonne pas la collaboration, ni les politiques racistes de l'époque. Le sang, la honte : deux fléaux de notre histoire. Le combat le plus noble demeure donc désormais plus que jamais celui pour la paix. Cela évite à tout un chacun de se trouver dans des situations embarrassantes, pour ne pas dire cornéliennes même. Malheureusement, de par le monde, tout le monde n'est pas encore de cet avis. En tant que président, j'en ferai mon combat, sans compromission d'aucune sorte ! Le combat pour la paix, ici et ailleurs. La guerre ne doit être qu'un pis-aller, pour se défendre, quand il n'y a pas d'autre choix. Pour bien symboliser que la France est attachée à la paix et a rompu avec un passé parfois douteux, j'avais même pensé changer le drapeau français.

**Allons bon !**

J'avais pensé y ajouter trois étoiles jaunes, une dans chaque couleur du drapeau. Elles auraient symbolisé les trois mots de notre devise : Liberté, Égalité, Fraternité. Cela aurait fait très joli, un peu d'esthétique dans le drapeau, du jaune sur du bleu, du blanc et du rouge. Cela aurait aussi rappelé notre appartenance à l'Europe dont le drapeau est couvert d'étoiles jaunes. Mais, à notre époque, on note tout et, trois étoiles, cela aurait été perçu comme voulant dire que la France n'en méritait pas cinq ! Alors, tant pis ! Tout au plus, je demanderai à ce qu'on se décide à officialiser un bleu clair, plus joli qu'un bleu foncé. Et pourquoi pas, avec un liséré jaune tout autour du drapeau tricolore...

**Ben voyons !**

## V

**Opticon Tessour et le monde de  la finance :
pour une juste redistribution des richesses**

**Je crois que maintenant, nous pouvons parler de
votre travail. Une rumeur a couru sur une histoire
de détournement de fonds...**

Oh ! on arrête ! Vous n'allez  pas plonger dans la
presse de caniveau ! Votre journal n'en est pas à ce
niveau-là, sinon il va couler. Remarquez, pour un titre
qui s'appelle « Le cri du poisson rouge », ce serait
normal de couler...

**Très drôle ! Mais n'esquivez pas la question !**

Mais vous ne m'avez posé aucune question, vous
avez juste fait une allusion à une rumeur – rumeur
totalement infondée. Il n'y a jamais eu de détournement
de fonds, juste une erreur, une simple boulette.

**On a quand même parlé de plusieurs millions...**

...de francs ! Plusieurs millions de francs, il n'y avait
pas encore les euros. Ce n'est pas la même chose, la
même somme. Et je le redis, c'était juste une erreur. Je
travaillais au Trésor public, comme je vous l'ai déjà dit,

et j'ai fait une erreur comptable, qui plus est au profit de milliers de contribuables. En fait, sans l'avoir voulu, car ce n'était nullement prémédité, j'ai été une sorte de Robin des bois. Le Trésor public n'a pas pu, ou n'a pas voulu réparer ma petite boulette. Des milliers de contribuables devraient me remercier, en vérité !

**Admettons ! Pas de détournement de fonds, alors ? Et pour vous, quelles conséquences ?**

Pas le moindre centime de détourné, non ! Et quant aux conséquences, ma carrière était finie avant même de commencer. J'ai aussitôt été placardisé, et moi-même je n'ai plus osé prendre la moindre initiative. Je n'y ai rien gagné, non !

**Pour quelqu'un qui aspire à la présidence, voilà encore quelque chose de pas terrible !**

Pas terrible ? Oui, peut-être. Ou plutôt non ! Sans le vouloir, j'ai relancé le pouvoir d'achat de plusieurs milliers de personnes, ce n'est pas rien, quand même ! N'est-ce pas là une bonne politique sociale ? Le social me tenait déjà à cœur, oui ! Redistribuer le bien commun au profit de ceux qui en ont réellement besoin, n'est-ce pas là l'image d'un homme d'État soucieux de l'intérêt national ? Mais si, bien sûr ! On peut passer à la question suivante.

**Oh ! pas si vite, Opticon Tessour ! C'était quoi, exactement, que vous avez mal fait ? Qu'avez-vous à vous reprocher ? Vous ne pouvez quand même pas vous en tirer sans en dire un peu plus !**

Toujours cette tentative de vouloir copier la presse « pipeule », comme on dit ici ! Mais, jeune homme, croyez-vous que cela intéressera vos lecteurs comment j'ai commis ma petite erreur ? Je ne m'en souviens pas moi-même, cela m'a coûté trop cher ! S'il y eût un dindon de la farce, ce fut bien moi !

**Vous voudriez qu'on vous plaigne, maintenant !**

Assurément ! Être pour ainsi dire en préretraite en début de carrière, ça ouvrait peu de perspectives.

**En tout cas, c'est encore un fait d'armes peu glorieux à votre passif.**

Votre passif ! Cela me rappelle un vieux débat télévisé, du temps de Mitterrand et de Giscard. Non, je ne suis ni l'homme du passé, ni l'homme du passif ! J'ai simplement été victime d'un système qui ne m'a pas donné une seconde chance. Comme on dit : on n'a jamais une seconde chance de faire une première impression.

**C'est, hélas, vrai !**

De plus, j'ai été impliqué dans une sombre histoire de... Je ne peux pas dire le mot, cela vous choquerait ! Disons que mon directeur avait pour maîtresse ma responsable directe. Vous voyez le tableau, j'imagine ?

**Oui, et alors ?**

Celle-ci aurait voulu que mon directeur quitte tout, sa femme et ses enfants pour venir vivre avec elle. Mais mon directeur ne voulait pas, lui. Comme on dit, il voulait tout garder : le beurre, l'argent du beurre, et le sourire de la crémière. Autrement dit, cela chauffait entre mes chefs, et moi j'étais pris entre deux feux ! Situation fort inconfortable au demeurant !

**Et cela a duré longtemps ?**

Très longtemps ! Comment faire quand vous recevez des ordres contradictoires – que ce soit volontairement ou non ? À qui donner la priorité ? À votre cheffe immédiate, ou au chef de votre cheffe qui, de fait, est aussi votre chef ? Quel que fût mon choix, j'étais sûr d'être perdant à tous les coups ! En plus d'avoir été placardisé par suite de ma petite boulette, je devais servir de tampon entre deux amants ! Presque leur tenir la chandelle ! S'il y avait une femme de trop dans l'histoire, il y avait aussi un homme de trop : moi ! J'avais l'impression de vivre une sorte de vaudeville, à part que je n'étais l'amant de personne, moi ! Moi, j'étais bien sage, mais les autres ne l'étaient pas ! Fâcheuse situation, non ?

**Mouais ! Bien ! Vous avez travaillé au Trésor public, autrement dit aux Impôts. Qu'avez-vous à dire sur notre système fiscal ? Est-il juste ? Comment l'améliorer ?**

J'y reviendrai quand je vous parlerai de mon programme. Là, le but est de parler de ma vie et de mon œuvre.

**Votre œuvre ?**

Mon œuvre, oui ! Pour avoir été obscure, ma vie de labeur n'en manque pas moins de respect ! C'est le cas de beaucoup de vies de labeur, non ? Tout le monde ne fait pas de grandes choses qui se voient bien, qui brillent au soleil ! Il faut aussi de petites mains pour faire les grandes choses, non ? Que seraient les grands architectes s'ils n'avaient pas derrière eux une armée de petites mains ?

**Autrement dit, votre œuvre – pour employer ce mot – est assez obscure.**

Vous avez dit obscure, obscure... Disons qu'il faut bien des hommes et des femmes de l'ombre. Si tout le monde était tout le temps en pleine lumière, personne ne se détacherait du lot, on n'y verrait pas mieux. C'est pourquoi, on aura toujours besoin de petites mains anonymes, comme les fourmis qui travaillent pour leur communauté, sans gloire, sans tambour ni trompette.

**Opticon Tessour, vous ambitionnez la présidence ! Personne ne veut d'une petite main à l'Élysée ! Et on parle de la France, pas du monde des fourmis ! Il nous faut un chef d'État, un homme d'État, un meneur, pas une petite main ou un amateur ! Pas une obscure fourni, non plus !**

Mais à qui le dites-vous ? Vous parlez à un convaincu : je serai cet homme ! J'appelle donc les Françaises et les Français à faire le bon choix pour la France ! Les politiciens de métier n'ont assurément pas le monopole du cœur du métier ! Moi, président de la République, je saurai me montrer à la hauteur de ma tâche ! Moi, président de la République, j'aurai la dignité qui sied à la fonction ! Moi, président de la République, je serai le président de tous, sans aucune discrimination ni exception ! Moi, président de la République, je continuerai encore plus de redistribuer équitablement les richesses ! Moi, président de la République, je ne perdrai jamais de vue ni la justice, ni la sécurité pour mes concitoyens ! Moi, président de la République, je ne laisserai personne sur le côté ! Moi, président de la République, j'aurai pour seul but le bien commun ! Moi, président de la République, je suivrai toujours la devise de la République : Liberté, Égalité, Fraternité ! Moi, président de la République, je tâcherai en tout d'avoir un comportement toujours exemplaire, irréprochable ! Moi, président de la République, je m'engagerai à vous promettre encore plus, et toujours plus !

**Il me semble avoir déjà entendu quelque chose comme cela auparavant.**

Ah bon ?

# VI

## Opticon Tessour, un homme au grand cœur

**Opticon Tessour, après cette anaphore déjà entendue jadis, revenons donc sur terre. Un futur président, ou du moins un candidat à la présidence, n'a pas de vie privée. Les citoyens ont le droit de tout savoir de la vie de la personne qui prétend les diriger. Parlez-nous donc de votre vie privée, de vos amours.**

Le droit de savoir ? C'est un peu curieux comme question ! Toujours ce côté « pipeule » et racoleur ! Enfin soit, je vous dirai tout ! Et puis zut ! Vous voulez racoler, eh bien racolons, sans peur, sans censure ! Vous n'allez pas être déçu ! Vous voulez du sexe, eh bien, allons-y !

**Doucement, Opticon...**

Je vais vous parler de Gertrude !

**Gertrude ?**

Gertrude, oui ! On ne va pas y passer la nuit ! Elle s'appelait donc Gertrude.

**Votre premier amour ?**

Oui, si l'on veut ! Mais un prénom pareil, ça ne vous étonne pas, quand même ?

**Un peu, si, effectivement...**

Gertrude était une poupée gonflable, la seule de ma vie. Je lui avais donné ce prénom un peu par dérision, mais ce fut un grand amour, le premier, peut-être le plus pur. Entre elle et moi...

**Hum ! Si nous parlions plutôt...**

Il suffit ! Ne me censurez pas ! Vous voulez du sexe, vous en aurez ! Il y eut de la sensualité, de la passion ! Tenez, je vais vous raconter notre rupture ! J'étais en pleine action, et...

**Opticon !!!**

Ne m'interrompez pas sans cesse, enfin ! J'étais donc en pleine action, quand soudain tout éclata ! Gertrude explosa ! Ou plutôt, elle péta ! Boum ! Soudain, plus de Gertrude !

**Opticon !!!**

Quoi, Opticon ? Elle péta, oui ! Comment faire avec une Gertrude qui péta ? Que faire après ? À vrai dire, elle se dégonfla peu à peu, et moi, j'étais là, tout bête, à la voir baisser... Tout déconfit que j'étais ! J'avais déjà été assez gêné quand j'avais été la chercher dans un sex-shop. Il faut dire que j'étais encore mineur, et que j'avais été reçu par une femme habillée d'une drôle de façon. Aussitôt entré, j'avais aussitôt voulu m'enfuir, mais la femme avait des yeux de vipère. Comme elle me demandait ce que je voulais, je lui avais montré la première chose que j'avais vue : c'était Gertrude ! Elle m'attendait là, nue, offerte, pour ainsi dire !

**Opticon Tessour, vous déshonorez la fonction présidentielle, ou de candidat à cette fonction !**

Mais non ! Et Clinton, alors ? Et Chirac, Mitterrand, Giscard ? Et Armstrong et d'autres télévangélistes ? Et puis, il fallait bien que d'une façon ou d'une autre j'assouvisse la libido de mon impétueuse jeunesse. Et puis, quand Gertrude péta, croyez-moi, je me suis retrouvé bien con ! Alors, n'essayez pas de me culpabiliser pour ces enfantillages, à vrai dire bien innocents ! Écoutez plutôt l'histoire de la première fois où j'ai réellement...

**Taisez-vous, Opticon !**

On croirait entendre une célèbre parodie de Georges Marchais, le chef du PC : « Taisez-vous, Elkabbach ! ». Mais vous êtes trop jeune pour connaître... Mais bon, c'est bon, que voulez-vous que je vous raconte, alors ?

**Je crois que vous ne vous êtes marié qu'une seule fois, n'est-ce pas ?**

Oui, je vais vous raconter cela, alors. Le déclic s'est produit le 1er janvier 1980. Le premier jour de l'année on prend parfois des résolutions pour la nouvelle année. Ce jour-là, j'étais aussi d'humeur guillerette. En me levant, j'ai décidé deux choses. Primo, adhérer au Parti communiste. J'y reviendrai plus tard. Secundo : rencontrer la femme de ma vie.

**Dans cet ordre ? Votre femme après le Parti ?**

Malheureusement, je crois que oui. À la réflexion, je crois que c'est un peu triste. Mais passons ! C'est très bien tout ça, comme décision, mais où la trouver, la femme de ma vie ? On s'y prend comment pour la trouver ? On part à la chasse dans les rues, les parcs publics, les commerces ? Malgré ma détermination, je me suis vite trouvé dans une impasse. Les filles que je connaissais ne me plaisaient pas. Alors, que faire ? Le soir de ce même jour, après mûre réflexion, je pris ma décision : passer une petite annonce. J'ai choisi un journal de petites annonces gratuites, « Paris Boum Boum », et j'ai passé une annonce. Quelques lignes, je ne me rappelle plus lesquelles. J'avais l'impression d'être Landru, surtout que le lui ressemblais un peu, j'avais comme lui le cheveu rare et la barbe. Mais moi, je n'avais pas sa cuisinière où il brûlait ses victimes ! J'eus donc un premier rendez-vous. Pour le coup, j'avais l'impression de jouer à l'agent secret, car je devais reconnaître la demoiselle à je ne sais quel signe qu'elle m'avait donné, et moi je lui avais donné mon signe à moi. Je ne sais plus lequel : peut-être devais-je porter tel journal sous le bras, qui sait ? Ce rendez-vous ne donna rien, ni les suivants d'ailleurs. Apparemment, j'avais moins de succès que Landru. Et puis, il y eut Hélène...

**Le grand amour ?**

Hélène, oui, ce ne pouvait être qu'elle. Avec du recul, cela ressortait de l'évidence même. Hélène, petite, boulotte, rigolote, un cœur en or, Hélène, quoi !

**Vos yeux en pétillent encore !**

Mais oui, bien sûr ! Savez-vous quel fut le premier mot gentil qu'elle me dit ?

**Vous allez me le dire...**

« T'es con ! ». Oui, littéralement, « T'es con ! », vraiment ! Vous allez me dire que ce n'est pas un mot d'amour, mais ça l'était presque. Je l'avais amusée, et elle m'avait dit « T'es con ! » en rigolant. Jusqu'alors, on m'avait souvent dit « T'es con ! », mais c'était très sérieusement, et plutôt en guise de reproche. Tandis qu'avec Hélène, c'était différent, tout devenait différent. Voilà ! Et le 1er avril 1981, un mercredi, on se mariait, et ce n'était pas un poisson d'avril ! Bien sûr, on avait choisi la date exprès, pour s'amuser ! Mais notre amour, c'était sérieux ! La suite, tout le reste, relève de la vie privée.

**Et c'est très bien ainsi, il vaut mieux que ça le reste. Mais à propos d'amour, vous avez parlé de « politique de l'amour » dans un de vos discours. Était-ce juste un effet de style, ou avez-vous réellement songé à mettre en place une « politique de l'amour » ?**

Entendons-nous bien : cela n'a rien à voir avec quoi que ce soit de sexuel. Il s'agit simplement d'avoir comme point de mire l'amour des gens, et notamment de ses concitoyens, mais pas uniquement, bien sûr. Mais j'y reviendrai en parlant de mon programme pour 2037. Il suffit de dire ici que j'entends bien me tenir à cette ligne politique. Après tout, il n'y en a pas de plus noble, non ?

**Justement, nous allons parler maintenant de votre entrée dans la vie politique.**

Je crois que votre journal est plutôt conservateur, si je ne me trompe ?

**« Le cri du poisson rouge » est un journal local, qui couvre cependant tout le causse Méjean, donc une population du monde rural, peu portée à faire la révolution.**

Je croyais qu'il avait une diffusion plus importante.

**Cela vous déçoit ? Avec les propos que vous me tenez, mieux vaut peut-être une diffusion restreinte. De plus, « Le cri du poisson rouge » ne paraît que chaque 1er avril, même s'il continue d'être vendu après, aux touristes notamment. Sa diffusion dépasse donc quand même notre région, on peut même dire qu'elle est internationale.**

Cela me rassure, je ne parlerai pas dans le vide.

# VII

## Opticon Tessour et la politique :
## le combat d'une vie

**Comment êtes-vous entré en politique, Opticon Tessour ?**

Le 1er janvier 1980, je vous l'ai dit, j'ai décidé d'adhérer au Parti communiste. C'était encore la belle époque pour le Parti, quoiqu'il fût sur le déclin, alors que le Parti socialiste, lui, montait, montait... L'année suivante, François Mitterrand allait gagner la présidentielle. Pourquoi le PC ? Peut-être étais-je influencé par la municipalité communiste de la ville où j'habitais. Peut-être étais-je aussi influencé par la propagande du PC. Et puis, ayant le cœur à gauche, je faisais plus confiance au PC qu'au PS pour mener une véritable politique sociale. De toute façon, mon adhésion au PC fut de courte durée.

**Vous avez été vite été déçu ? Vous avez compris la vraie nature du communisme ?**

Nullement ! On m'a mis à la porte, j'ai été exclu. On m'a demandé de faire mon autocritique, mais j'ai refusé, et on m'a montré la porte. C'est aussi simple que cela !

### Pour quelle raison ?

Trois fois rien ! J'ai annoncé la mort de Mitterrand à Marchais, lors d'un meeting. J'étais alors un tout jeune adhérent, et des camarades étaient venus me voir pour m'annoncer la mort de Mitterrand. Vous voyez mon étonnement... Et aussitôt, ils me demandent, ils me pressent de l'annoncer à Georges Marchais qui était en plein meeting, devant des milliers de personnes. Moi, parler à Marchais ? Impossible ! Impensable ! Je n'oserai jamais ! Et pourquoi moi ? Non, je ne pourrai pas ! Mais les camarades – ils étaient deux – insistaient et ils ne voulaient pas en démordre. Ils avaient apparemment de bonnes raisons pour dire qu'ils ne pouvaient pas y aller eux-mêmes, et que moi, je pouvais, je devais ! Ils étaient tellement persuasifs que j'ai fini par accepter. Je prends donc mon courage à deux mains, et je m'avance vers le chef du PC. Pour n'en mener pas large, je n'en menais pas large ! Marchais me voit, me regarde, je suis là à côté de lui, n'osant dire un mot. Au bout d'une éternité, il arrête son discours et se tourne vers moi : « Oui ? ». Je bafouille d'une petite voix : « Mi... Mitte... Mitte... ». Marchais s'agace : « Eh bien quoi ? ». Je reprends mon souffle, et je lâche d'un trait : « Mitterrand est mort ! ». Et je me sauve aussitôt. Marchais s'excuse auprès du public, va voir une personne, s'énerve après une autre, m'aperçoit et fonce vers moi : « Mais c'est quoi, cette histoire ? ». Je n'avais même pas prononcé un mot, qu'il ajoute : « Taisez-vous, petit con ! ». Puis il rejoint son public, et invective les forces de droite qui répandent des rumeurs nauséabondes sur les forces de gauche. Quant à moi, je quitte discrètement les lieux.

**Et ensuite ?**

Je vous l'ai déjà raconté : exclusion du Parti par les camarades. Par contre, j'oubliais de vous dire que cela se passait un 1er avril, le 1er avril 1980, mais cela n'avait absolument rien d'un poisson d'avril ! En tout cas, pour moi ! Il n'empêche : une fois de plus, on me traitait de con ! Venant de Marchais, le grand chef, j'aurais pu le prendre pour un compliment, mais non, j'avais bien vu qu'il n'avait pas apprécié !

**Et les deux camarades qui vous avaient fait une mauvaise blague ?**

Je ne les connaissais pas, et comme j'ai été exclu du Parti, je n'ai jamais su s'ils en faisaient vraiment partie. Peut-être étaient-ils des infiltrés, qui sait ?

**En somme, ils vous ont pris pour un couillon ?**

Disons pour quelqu'un d'influençable, ou cela s'est trouvé comme ça, c'est tout ! J'ai gobé, et j'ai payé ! Une fois de plus !

**Le 1er avril, vous connaissiez, quand même ?**

Bien sûr ! Mais sur le moment, je ne pensais pas à cela. Même Marchais n'y pensait pas ! L'histoire était crédible, après tout ! Et quand bien même... Savez-vous que plusieurs poissons d'avril du passé sont devenus la réalité d'aujourd'hui ? L'interdiction de fumer dans les lieux publics, le retour du tramway à Paris, l'interdiction de certains axes aux voitures, tout cela a fait l'objet de poissons d'avril qui sont devenus ensuite la réalité du quotidien. Et puis, je vous rappelle que je suis né et me suis marié un 1er avril. Avec les félicitations du maire, Jacques Chirac, pour notre mariage, car nous habitions à Paris, à l'époque.

**Encore un homme politique que vous avez fréquenté ?**

Pas vraiment ! Il faisait envoyer le même mot à tous les nouveaux mariés de Paris.

**Et après le PC, qu'avez-vous fait ?**

J'ai boudé la politique, pratiquement jusqu'à ma candidature en 2032, mais nous y reviendrons.

**Une grande bouderie, alors ?**

Très grande ! J'ai en tout cas appris à mes dépens que l'habit ne fait pas le moine. Il n'y a peut-être jamais eu beaucoup de moines au PC, mais enfin... Ces deux camarades, ou pseudo-camarades, ils étaient bien habillés, sûrs d'eux. Tandis que moi... Laissez-moi vous raconter une autre histoire : je me suis fait renvoyer d'un examen de la fac parce que je n'avais ni veste ni cravate. Pourtant, je n'étais quand même pas en maillot de bain ! Mais à l'époque, les profs de droit mettaient encore la toge. Mon examinatrice avait été choquée par ma tenue indécente – selon elle ! N'empêche, une fois, à l'armée, j'ai fait le mur en pyjama, car on m'avait pris mes vêtements civils. Et j'ai pris le train ainsi. Réformé, j'ai récupéré mes vêtements et ma liberté. Ma dignité !

# VIII

## Opticon Tessour, d'un siècle à l'autre : un homme en avance sur son temps

**Les années 80 ont été mouvementées, de 81 et la vague rose, à 89, la chute du mur de Berlin qui allait conduire à la chute des régimes communistes en Europe de l'Est. Et vous, Opticon Tessour, que faisiez-vous alors ?**

Je suivais l'actualité, comme tout un chacun, et dans les années 90 aussi. Effectivement, ça a beaucoup bougé à l'époque. La chute du mur de Berlin, quel événement ! Et la fin des régimes communistes, la disparition de l'Union soviétique ! Un vrai tournant dans l'histoire ! On ne pouvait que s'en réjouir, sauf qu'en Yougoslavie, il y a eu la guerre. Encore une guerre en Europe ! N'y revenons pas ! Mais on y est revenus plus tard par la faute d'un certain Poutine. L'URSS avait laissé des traces. Elle n'était pas morte aussi facilement qu'on l'avait cru à l'époque.

**Et comment avez-vous vécu le passage en l'an 2000 ?**

L'an 2000 ! Cela avait fait rêver, fantasmer, lors des décennies précédentes. On s'en était fait tout un monde.

En l'an 2000, disait-on, il y aura ceci et cela, on fera ceci ou cela, chacun aura sa voiture volante, on ne travaillera plus ou presque plus... En fait, on sur-estime toujours l'avenir proche, et on sous-estime l'avenir lointain. Il n'empêche, pour l'an 2000, si l'on n'a pas eu des colonies sur la Lune ou sur Mars, on a quand même eu Internet – une vraie révolution ! Depuis Internet, le monde n'est plus tout à fait le même. Cela a vraiment tout chamboulé : nos moyens de communiquer, de commercer... Un bien et un mal : si le monde est devenu plus petit, les pires idées et les plus farfelues ont pu, elles aussi, se répandre et se multiplier allègrement.

**Vous le regrettez ?**

Il ne s'agit pas d'avoir des regrets, mais de mettre tout un chacun en garde à propos de ce qu'il peut voir sur Internet. Après tout, il fut un temps en France où les journaux répandaient eux aussi la calomnie et la haine.

**Le passage en l'an 2000 se fit donc en douceur.**

Pour l'an 2000, on attendait le « beugue », mais ça n'a jamais « beugué ». Tout s'est bien passé pour l'informatique. Par contre, fin 1999, il y a eu une énorme tempête, des coupures d'électricité, et des milliers de personnes ont dû s'éclairer à la bougie – comme aux temps jadis ! Quelle ironie ! L'an 2000 : depuis qu'on nous en parlait, on y était ! Changer de millénaire, ça n'arrive pas tous les jours ! Oui, ce fut quelque chose. Oui, je sais aussi, le nouveau millénaire, ce fut en 2001. Mais les deux dates étaient symboliques, magiques. Un grand moment, oui ! Et ceux qui attendaient des catastrophes, la fin du monde, la chute de la station Mir, tous ceux-là en ont été pour leurs frais ! Pas de fin du monde, non ! Certains ont voulu refaire une tentative en 2012 avec le calendrier maya, mais encore  raté ! Ceux qui attendent le retour du Christ auraient pu faire parler d'eux en 1996, 4000 ans après sa naissance supposée, 6000 ans depuis la création – selon eux – mais  ils sont restés sages.

### Mais il y a eu le 11 septembre 2001.

Le « beugue » était là ! Et encore des guerres... Mais le grand changement du millénaire, ce fut quand même Internet, je le répète. Certes, il s'est surtout développé après l'an 2000. Il y a eu les micro-ordinateurs, les mobiles... appelés à l'époque « martefones » par ma mère. Un changement technologique, pacifiste. Le monde est devenu un village où tout s'est rapproché, où l'on peut communiquer avec tout un chacun.

### Et il y a  eu le passage à l'euro...

... que j'ai toujours apprécié à sa  juste valeur ! C'est quand même appréciable d'avoir la même monnaie quand on passe la frontière. Je me souviens d'un séjour que j'avais fait en Angleterre. J'étais revenu par la Belgique. Je retrouvais la langue française, mais non sa monnaie. Cela faisait bizarre. Aujourd'hui : plus de bizarreries. Reste la Suisse. Quand j'y vais, je  ne fais qu'y passer sans rien acheter. J'attends encore l'euro. Le grand élargissement de l'Europe s'est fait après l'an 2000, avec l'intégration des pays de l'Europe de l'Est.

Mais l'Europe a toujours eu du mal à séduire. C'est là encore un défi pour notre époque : faire aimer l'Europe. Depuis, les nationalismes se sont réveillés ici et là. L'histoire n'est jamais qu'un éternel recommencement, et les leçons de l'histoire mettent longtemps à être apprises. Pourtant, depuis le temps, après toutes les guerres qu'elle a vécues, l'Europe aurait dû être vaccinée contre toutes les formes de nationalisme.

**Pendant toutes ces années, vous êtes resté loin de la politique, n'est-ce pas ? Pourquoi ?**

Il fallait sans doute que l'idée de m'y intéresser mûrisse dans mes pensées. Vous savez, il est facile de critiquer le gouvernement qui est en place. Mais avant, on devrait toujours se poser la question : que ferais-je à sa place ? Ferais-je mieux ? Cela demande une certaine réflexion, une certaine humilité même. Cela peut prendre du temps.

**Pour vous, apparemment.**

Assurément !

**Mais vous pourriez maintenant passer une retraite tranquille, ici en Lozère. Pourquoi aller à Paris faire de la politique, au milieu du bruit, de la pollution, de la foule ?**

Le sens du devoir, cher ami, pour servir la France, les Françaises et les Français ! Ou peut-être, malgré mon âge, un reste de vanité, qui sait ?

# IX

## De la campagne de 2032 à celle de 2037 :
## « Élisez-moi à l'Élysée ! »

**Opticon Tessour, venons-en à votre candidature de 2032.**

Oui, mais un mot à propos de 2008.

**2008 ?**

Oui, ce fut l'année du « Casse-toi, pauvre con ! » de Nicolas Sarkozy. Je tiens à préciser que je n'y étais pour rien, ce n'est pas à moi qu'il parlait. On m'a tellement traité de « con » que je tenais à préciser ce point. Parlons donc maintenant de 2032 et des années antérieures. Les lecteurs aimeraient peut-être que je leur rappelle comment tout cela s'est passé, qui avait été élu en 2027, et tout, et tout. Eh bien non, après tout, ils ne sont pas plus amnésiques que moi, et chacun sait comment tout cela s'est passé ! Je vais donc me contenter de parler de mon cheminement vers la candidature de 2032, et de cette élection. L'idée de ma candidature à la présidentielle m'est venue en 2027, pendant la campagne électorale, mais c'était trop tard pour que je pose ma candidature cette année-là. J'avais quand même déjà mon petit « fan club », si je puis dire.

En 2022, mon livre « Tout cela a-t-il un sens ? » avait eu son petit succès. Et puis, surtout, je m'étais fait connaître sur les réseaux sociaux. Avec un peu d'humour, j'assénais quelques vérité par-ci par-là. La popularité, ça peut aller très vite, vous savez !

**Vous avez  pu ainsi vous préparer pour 2032.**

Oui. Il a fallu constituer un comité de soutien. Je préfère l'appeler ainsi, mais j'aurais pu dire que c'était mon parti. Le  nom fut trouvé par un ami : le POTE – Portons Opticon Tessour à l'Élysée.

**Certains se sont amusés à jouer avec cela.**

Oui, j'ai entendu dire que si je décevais, le POTE deviendrait le POTE – Pardonnons à Opticon Tessour à l'Élysée. Ou encore le POTE – Plaignons Opticon Tessour à l'Élysée. Mais mes soutiens constitueraient alors le POTE – Protégeons Opticon Tessour à l'Élysée. Bref, on n'en finirait pas, il suffit de s'en référer au dictionnaire pour trouver le verbe adapté.

**Et avec le POTE, vous avez commencé votre campagne électorale pour 2032. Je rappelle que vous aviez 82 ans, quand  même, et que vous étiez le doyen des candidats.**

Arrêtez avec mon âge ! Oui, j'avais pris un ton très gaullien. « Je vous ai compris ! » ai-je même dit une fois. Comme avec de Gaulle, chacun a compris ce qu'il voulait comprendre. Et ça a marché ! Paradoxalement, un candidat bien âgé, cela apportait un souffle nouveau, un peu d'air frais, si j'osais je dirais même un peu de jeunesse !

**N'exagérons quand même pas  ! Mais il est vrai que votre succès a surpris.**

Sauf  moi ! C'est la défaite qui m'a surpris. Mais il faut dire aussi que j'affrontais quelqu'un qui se battait pour sa réélection. En principe, mais pas toujours, il est plus facile d'être réélu qu'élu.

**Vous avez dû calmer vos fans en répétant la formule balladurienne : « Je  vous demande de vous arrêter ! »**

C'était comme un clin d'œil à l'histoire ! De  même que mon « Au revoir ! » très giscardien qui annonçait déjà que ce n'était pas un adieu.

**Après votre défaite, quel était votre état d'esprit ?**

J'ai sauté au plafond ! Non, vous pensez bien que j'étais abattu, lessivé, et tout et tout ! Je suis revenu ici à Hyelzas  pour me ressourcer. J'ai songé  à y rester pour vivre en paix en contemplant la Voie lactée. Mais j'ai senti que  la France m'attendait et que je ne pouvais pas la laisser tomber.

**D'où votre candidature  pour 2037.**

Effectivement  !

**Pour vos 87 ans.**

Encore, cette histoire d'âge, ça vous tracasse vraiment ! On en a déjà parlé, on ne va pas y revenir ! Je suis âgé, c'est vrai, mais ce n'est pas un problème. Je serai le vieux sage dont la France a besoin. Le Premier ministre gouvernera ou, bien sûr, la Première ministre, sous le contrôle du Parlement. Cela se passe ainsi dans la plupart des démocraties. Le régime présidentiel remplace le Premier ministre par un président, et le fait élire au suffrage universel. La France a un système entre les deux, mais au final, on aboutit à une sorte de monarchie républicaine ou le président est vu comme le sauveur suprême. En tout cas, on attend qu'il se comporte comme tel, ce qui est impossible.

**Il faut parfois des hommes forts. Rappelez-vous de Zelensky en Ukraine, il y a dix ans.**

Certes, mais l'homme fort, ou la dame forte, ce peut être aussi un Premier ou une Première ministre. Il y a eu plusieurs présidents forts, venus d'horizons divers. Zelensky était un ancien comédien, comme Reagan d'ailleurs, quelques années auparavant. Comme quoi, la comédie mène à tout. Comme quoi aussi, quand il faut cesser de rire, il faut cesser de rire ! Mais Churchill, lui, était Premier ministre, et non président, faut-il le rappeler ? L'important, dans ces moments-là, est de détenir le pouvoir, non tel titre en particulier. Et Churchill, Premier ministre, l'avait.

**Votre programme pour 2037 a-t-il évolué par rapport à celui de 2032 ?**

Mon programme pour 2032 était bon, il l'est toujours. Cela dit, le monde évolue, il faut évoluer avec lui. Le programme doit donc sans cesse s'adapter. Lisez des vieux journaux, des années 60 du siècle dernier, par exemple. À l'époque, l'humanité pensait devoir affronter les trois grands problèmes suivants : la prolifération des armes nucléaires, la surpopulation et la pollution. Aujourd'hui, il n'y en a plus qu'un, qui ne figurait même pas parmi ces trois grands problèmes : c'est celui du réchauffement climatique, et de notre adaptation à celui-ci. Les autres problèmes demeurent, mais ils ont perdu de leur importance. L'arme nucléaire n'a plus été utilisée depuis 1945, la population a continué d'augmenter, mais les ressources agricoles aussi. Le spectre de la famine tend à disparaître, sauf en cas de guerre. La pollution a diminué en Occident. Les pays émergents polluent plus, mais en devenant plus riches, ils feront à leur tour baisser la pollution.

**Le réchauffement climatique est donc, selon vous, le plus grand défi de l'humanité ?**

Oui, comme lors de toutes les précédentes élections depuis de nombreuses années : il n'y a, hélas, rien de nouveau. Mais l'adaptation est lente et compliquée, nul ne l'ignore plus maintenant. Pour autant, elle reste plus que jamais indispensable et urgente. Les pics de chaleur réguliers, les sécheresses et les incendies nous le rappellent sans cesse. Nous cuisons de plus en plus à petit feu, et il ne suffit pas d'appuyer sur un bouton pour que cela s'arrête. Des mesures sont encore à prendre, et même des mesures impopulaires.

**L'homme s'est maintenant installé de façon permanente sur la Lune, Mars est en ligne de mire, la Terre continue de se réchauffer, notre seul espoir est-il dans l'immigration spatiale ?**

À long terme, oui. Mais en attendant, il y a encore énormément à faire sur notre vieille planète ! Il faut la sauver de ce que l'humanité lui fait subir : la surchauffe, la perte de la biodiversité, il faut éviter que l'homme continue de la souiller et de l'asphyxier, éviter les guerres et œuvrer pour le bien commun et pour les plus faibles, les moins chanceux. Le progrès doit continuer, car il est inévitable, et c'est lui qui doit nous sauver, non un retour au monde ancien, qui était plus pauvre et plus injuste.

**On a parlé de tessourisme à propos de votre programme.**

Tessour, donc tessourisme, oui, si l'on veut. Mais je ne propose rien d'extraordinaire, justement, aucune solution miracle, aucun paradis vert à l'horizon. J'irais presque à parler de sang, de sueur et de larmes, à la Winston Churchill ! Presque, ai-je dit ! Car si le futur promet des jours difficiles à cause du dérèglement climatique, il y a aussi des raisons d'espérer, si l'on est patient. Voyez les voitures autonomes, par exemple. Grâce à elles, il y a moins de pollution, moins de carbone, et le nombre de tués sur les routes ne peut que baisser. Certes, il est déjà trop tard dans certains domaines, pour sauver toute la biodiversité, par exemple, mais est-ce une raison pour désespérer ? Mais il est temps maintenant de parler de mon programme !

# X

## Mon programme pour 2037

**Opticon Tessour, quel président serez-vous ? Ou seriez-vous, plutôt ?**

Présider, c'est quoi ? C'est diriger. C'est aussi, plus simplement, être à la place d'honneur : on préside un banquet, par exemple. Selon les pays, le président occupe les deux fonctions, ou simplement la dernière. Ma préférence va pour un président qui représente la continuité de la République.

**Une sorte de roi fainéant qui préside aux banquets, en somme ? En outre, c'est la Constitution qui définit le rôle du président, et non Opticon Tessour !**

La Constitution permet une certaine interprétation, on l'a bien vu lors des périodes de cohabitation, quand le président et son gouvernement n'étaient pas du même bord. Il est en tout cas essentiel que le gouvernement ait l'appui du parlement, et réponde de ses actes devant lui. Un régime purement présidentiel, à l'américaine, est moins souhaitable, selon moi. Sans l'appui de ses parlementaires, le président y est un peu comme un aigle aux ailes coupées. Quant à votre allusion aux rois fainéants, c'est un nom que leur avaient donné leurs successeurs pour les dénigrer. Rassurez-vous, je ne serai ni roi, ni fainéant. Et je n'aurai pas que des banquets à présider ! Un président non monarchique doit toujours être au courant de tout et donner son avis, proposer, discuter, et savoir trancher. C'est aussi un recours en cas de problèmes majeurs. Ce n'est pas une sinécure, n'en doutez pas ! D'autant plus que la France est un pays de râleurs, où chacun à son tour se met périodiquement en grève pour embêter ses petits copains ! Bloquer le pays, c'est notre spécialité ! Bloquer les trains, les routes, l'essence, on sait faire ! Et au final, c'est tout le monde qui en pâtit ! Tous ceux qui n'y sont pour rien ! Mais comme tous font pareil, chacun se complaît donc à se faire du mal !

**Vous exagérez ! Ce sont souvent  les mêmes qui bloquent tout !**

C'est vrai, je  m'emporte ! Ce  sont ceux qui peuvent se le permettre qui bloquent tout, et non tous les précaires qui tiennent trop à leur boulot, et qui n'ont pas le choix. Il n'empêche, devenir président d'un tel pays, il faut quand même en avoir envie !

**Il y a quand même des avantages !**

Sans doute ! Mais cela ne doit pas être le but ! Et puis, si l'on veut servir son pays, autant le faire à la première place, là où on voit tout, où on a une vue d'ensemble, et où l'on peut agir au mieux ! C'est pour cela que je suis candidat.

**Comme tous les candidats ou presque, vous faites du problème du réchauffement climatique votre grande priorité.**

Évidemment ! Certains en sont encore à nous parler d'immigration, comme il y a dix ans, vingt ans, et plus. Apparemment, ils ne comprennent pas que le problème est celui de la survie de l'humanité, non d'une nation en particulier. Certes, l'humanité survivra, mais il faut voir dans quelles conditions : il y aura encore plus de sécheresses, d'incendies, d'inondations, et j'en passe. Quant à l'immigration, elle a toujours existé. Après tout, nos lointains ancêtres sont bien venus d'Afrique. Il n'y a rien de nouveau, donc. De toute façon, la population mondiale sera forcément de plus en plus métissée. Contrairement à l'Europe, la natalité explose en Afrique, et comme l'Europe est plus riche, elle est forcément attirante. Les gouvernements veulent freiner cela, mais c'est difficile. Il faudrait aider les pays africains à s'enrichir, mais cela demande des financements que nous n'avons pas forcément. Sans compter que nous avons encore beaucoup de personnes en Europe même qui sont sous le seuil de pauvreté – pour reprendre cette expression. Il est prioritaire de les aider.

**Encore une priorité...**

Encore une, oui ! Mais je reviens au réchauffement climatique. Ceux qui craignent pour la France à cause de l'immigration feraient d'ailleurs bien de se soucier de ce réchauffement : avec la montée des eaux, c'est la France elle-même qui rétrécit, et de plus en plus vite !

Ce qui pose beaucoup de problèmes pour toutes les infrastructures et tous les logements qui sont menacés de disparition.

**Quel est donc votre programme en la matière ?**

Pour la montée des eaux, il n'y aura pas de Moïse pour arrêter les flots. On peut certes essayer de ralentir le phénomène ici ou là, mais les eaux continueront de monter. Il faut s'y adapter. Pour le reste, rien de bien révolutionnaire, car les solutions sont connues. Il faut continuer de les appliquer, et les amplifier. Tout tourne autour de l'énergie. Il faut accélérer les recherches sur le nucléaire de nouvelle génération. Du nucléaire plus sûr et moins polluant, voilà ce qu'il nous faut. Les énergies dites renouvelables ne sont pas la panacée. Elles ne l'ont jamais été. On a multiplié les éoliennes, au détriment des paysages et de la tranquillité des riverains. Je propose leur démantèlement progressif. Les panneaux photovoltaïques, eux, nous font dépendre encore trop de matériaux venus de l'étranger : ce n'est pas vraiment idéal ! Et puis, il ne fait pas beau tout le temps. Enfin, l'hydraulique a atteint ses limites. Sans compter que les barrages contribuent à l'érosion des côtes, car les cours d'eau emportent moins de sédiments vers la mer. Il reste donc le nucléaire, et l'hydrogène vert. Il reste aussi à ne pas gaspiller l'énergie, et à accélérer la réhabilitation des habitats. Rien de nouveau, donc ! Nous allons dans le bon sens depuis plusieurs années. Regardez nos villes : l'interdiction des voitures thermiques les plus polluantes y a amélioré la qualité de l'air. Moins de pollution, moins de bruit, plus d'espace pour les piétons et les vélos, c'est quand même autre chose que des rues remplies de véhicules bruyants rejetant des fumées nocives. La qualité de la vie s'est aussi améliorée avec la végétalisation des rues et des places. Ce n'est peut-être pas forcément la ville à la campagne, mais il faut s'en rapprocher !

**Aucune solution miracle, donc ?**

Je ne suis pas un faiseur de miracles, non ! Et puis, la France et l'Europe sont plutôt de bons exemples. Les plus gros pollueurs sont ailleurs. Mais même ces pays font des progrès : ils y ont été obligés par les conséquences mêmes du réchauffement climatique. Ce dernier n'a pas pu être évité : il faut donc s'y adapter et en limiter les conséquences, qui sont pires que ce qu'on pouvait craindre.

**Cela passe aussi par l'éducation, une autre de vos priorités.**

L'éducation, toujours ! Vaste sujet, objet de maintes réformes ! On a eu l'éducation de masse, l'éducation pour tous, et non seulement d'une élite, et c'est très bien ainsi. Par contre, la qualité n'a pas toujours suivi, mais cela s'améliore. Encore et toujours une question de financement... L'éducation doit titiller la curiosité, cela doit être son but. Et n'est-ce pas un but merveilleux ? L'école devrait toujours être un plaisir, aussi bien pour les enseignants que pour les élèves. Transmettre le savoir, pour les uns, l'acquérir, pour les autres : quoi de plus beau ? L'éducation est aussi liée à la recherche, et à l'innovation. La part du budget que nous consacrons à la recherche et au développement devrait augmenter, sinon nous serons toujours en retard. Il nous faut être plus offensifs, avoir plus de brevets. Cela demande des financements, mais aussi de l'imagination pour trouver ces derniers. Car avant d'inventer, il faut trouver les sous pour pouvoir inventer ! Il nous faut aussi nous appuyer sur l'Europe, et aussi sur la francophonie, et donc sur l'Afrique, qui est maintenant sa terre d'avenir et, de plus en plus, de son présent. La francophonie peut être, doit être un levier économique, et non seulement culturel. Encore faut-il avoir la volonté de ne pas continuer d'abdiquer devant la suprématie de la langue anglaise, voire peut-être du chinois plus tard. Il serait temps de commencer à réagir, quand même !

**Je crois que vous êtes aussi attaché à lutter contre la désinformation.**

L'école – l'école au sens large, de la maternelle à l'enseignement supérieur – devrait enseigner l'esprit critique, l'art du doute, ce qu'on appelle aussi la zététique. J'en ai déjà parlé. C'est un sujet qui me tient particulièrement à cœur. Il peut faire peur à ceux qui ont l'autorité : la peur d'être remis en cause, de former de futurs révolutionnaires. Mais ce serait une erreur. En fait, il ne s'agit que de voir les choses d'un œil plus scientifique : examiner les dires et les faits, les soumettre à la critique, et les accepter ou les rejeter en fonction des résultats. Mais nous avons des ennemis qui nous en empêchent. Tout d'abord, nous-mêmes ! On appelle cela des biais cognitifs. Par exemple, nous sommes tous portés à croire ce qu'on veut croire. On lit alors ce qui tend à confirmer nos croyances, et on écarte ce qui pourrait les remettre en cause. On préfère éviter ce qui nous dérange, nous trouble.

## N'est-ce pas normal ?

Si, mais il faut faire attention. Il faut se méfier de nos propres jugements. On ne peut pas se fier à soi-même pour savoir ce qui est vrai, réel ou pas. C'est comme avec les illusions d'optique, il ne faut pas se laisser tromper par nos propres sens. On ne peut pas se fier à notre expérience, ni à notre intuition. L'effet placebo le prouve. On peut guérir parce qu'on y croit, en prenant des comprimés qui ne contiennent aucune substance particulière pour nous guérir, ou parce qu'on a confiance en tel médecin, tel guérisseur, ou en une divinité. On en conclut alors à tort que tout cela guérit. En fait, notre expérience et notre intuition sont là pour nous pousser à agir, même si nous ne savons pas tout et si nous ignorons en grande partie les conséquences de nos actes, et même au prix de déformer la réalité. En général, c'est notre intérêt, sinon nous ne ferions plus rien, à part déprimer dans notre coin. Mais il faut comprendre que cela nous pousse aussi à avoir des croyances infondées, voire dangereuses, à devenir victimes de charlatans, parfois même de gourous ou de personnalités médiatiques, de chefs religieux ou politiques. On croit ainsi avoir une certaine maîtrise de son destin. En fait, tout être normal s'illusionne sur son influence sur le réel. C'est dans sa nature même. L'être humain est foncièrement croyant, les croyances le constituent, le font vivre, l'empêchent de déprimer. Je parle de toutes les croyances, et non seulement des croyances religieuses. L'homme aime les explications simples, mais le monde est un peu plus compliqué que cela !

**Vous ne croyez pas à des explications simples ?**

Non ! Croyez- vous au Père Noël ? Non, je suppose. Mais pouvez-vous me prouver qu'il n'existe pas ? Non, c'est impossible ! Il est impossible de prouver son inexistence ! On pourrait en dire de même pour Dieu. Mais Dieu, cela fait plus sérieux, c'est la seule différence. L'homme veut avoir une cause première et simple qui explique tout. Ce qui est vrai pour la religion l'est aussi pour tout le reste. L'homme veut des réponses simples, une cause unique, un coupable unique quand il faut un coupable. Mais un phénomène peut avoir plusieurs causes. Tout n'est pas tout noir ou tout blanc, et il n'y a pas non plus forcément de juste milieu ! Le monde est complexe, et les solutions ne sont jamais simples. Quand on touche à quelque chose, cela peut avoir des résultats inattendus. Tout est lié, imbriqué. C'est vrai pour tout, même en politique. Méfions-nous donc de nos croyances trop simples, trop simplistes !

**Alors, que faire ?**

D'où la nécessité de la zététique, de l'esprit critique pour contrer cela. Et de la science. Mais aujourd'hui, la science est trop souvent inaudible, sa voix est masquée par celle de ceux qui veulent imposer leurs croyances, leurs dogmes. Au contraire des pseudo-sciences, des religions, la science n'a, elle, aucun dogme. Tout peut être soumis à un examen critique. On appelle cela la méthode scientifique. On ferait bien de ne pas l'oublier.

Cela devrait faire partie de l'éducation de tout un chacun. Comme il faudrait éduquer tout un chacun à propos d'Internet, expliquer comment il fonctionne. Ses fameux algorithmes font en sorte de nous présenter en priorité tout ce qui va dans notre sens, qui nous caresse dans le sens du poil. En plus, ces algorithmes aiment le sensationnel, ce qui sera plus commenté et partagé : c'est la voie royale pour la désinformation, l'autoroute pour toutes les théories du complot ! Internet est certes un moyen de connaissance fabuleux, mais c'est aussi un immense attrape-couillon ! Il ne faut jamais oublier de s'en tenir aux faits, non aux spéculations, ou à de simples idées. Tout cela devrait être enseigné à l'école. Le problème est qu'on touche aussi à la sphère politique, et que l'école ne doit pas faire de politique.

**Comment cela ?**

Par le populisme ! Le mot a pu être galvaudé, mais il reflète quand même une certaine réalité. Le populisme, c'est une approche politique qui oppose le peuple aux élites supposées coupées des réalités. On l'accuse aussi de proposer des solutions simplistes, irréalistes, à des problèmes complexes. Les populistes sont vus comme protectionnistes, souverainistes, se méfiant des élus et des corps intermédiaires, de ce qu'ils appellent « le système », et de l'Europe accusée de tous les maux. Ils ont aussi un leader charismatique qui les entraîne. En France, il y a une dizaine d'années, on a parlé de populisme de droite pour le Rassemblement national, et de populisme de gauche pour la France insoumise. Il va sans dire que les intéressés niaient cette façon de représenter les choses. Que faire alors, comment mettre en garde les élèves et étudiants contre le populisme sans faire de politique ? Rien n'interdit de le critiquer en s'abstenant de nommer tel ou tel parti. La tâche est immense. On l'a encore vu en Europe et ailleurs ces dernières années.

**La culture est aussi la voisine de l'éducation.**

La culture est essentielle. Certains ont eu de grandes idées il y a pas mal d'années, comme la fête de la Musique, ou les journées du Patrimoine. Le problème est que, comme pour tout, cela demande des sous. De trop nombreuses communes préfèrent raser des églises plutôt que de les entretenir ou de les rénover. On peut les comprendre. Il faut dire que cela coûte plus cher. Mais c'est quand même dommage. Que l'on soit croyant ou non, là n'est pas la question. Il s'agit simplement de sauver notre patrimoine, notre héritage commun, celui de notre histoire.

**Tout cela nous amène donc à parler des finances, du financement de vos projets. Mais je crois que vous vous gardez bien, jusqu'à présent, d'être trop précis sur ce sujet. Est-ce par prudence, ou par ignorance ?**

Disons-le tout net, mon général : c'est à cause des deux ! Comment savoir ce qui se passera demain ? Il y a tellement d'imprévus dans la vie ! Bien sûr, les grandes lignes de mon programme sont connues, mais ce sont des généralités, comme pour tout le monde : lutter contre le dérèglement climatique et faire ce qu'il faut pour s'y adapter, donner plus de moyens à notre système éducatif – pour ne mentionner que les sujets dont nous venons de parler. Cela dit, tout est une question de financement. Que faire en matière de finances, d'impôts, donc ? Les citoyens, qui sont aussi les contribuables, s'attendent à des miracles, mais c'est impossible ! Chacun veut à la fois plus d'État et moins d'impôts. Comment serait-ce possible – si l'on se refuse, comme il se doit, à faire exploser l'endettement de la France en empruntant à tout va ? À l'impossible, nul n'est tenu, ayons le courage de le dire ! Tout le monde veut plus d'argent, plus de financements pour ceci ou cela. Sur quoi pourrait-on rogner ? Tout est nécessaire, et toujours urgent. Cela urge de partout ! Que faire, alors ? Il n'y a qu'une seule solution : la croissance. Mais c'est plus facile à dire qu'à faire ! Beaucoup rêvent de travailler moins pour gagner plus, à l'inverse d'un ancien slogan. Pour cela, il faudrait une bonne croissance. Travailler moins pour travailler tous : l'idée est séduisante, mais pour cela aussi, il faut la croissance, toujours la croissance ! Mais peut-on tout admettre pour créer cette fameuse croissance ? Y compris se compromettre avec des régimes politiques qui ne respectent pas les Droits de l'homme ? Ou en vendant des armes ? C'est assurément là un sujet qui mérite réflexion !

**Justement, qu'en pensez-vous ?**

De fort bonnes questions, n'est-ce pas ? Mais j'y reviendrai un peu plus tard. Puisque nous parlons d'éthique, il faudrait aborder les problèmes de la justice. Des efforts ont été faits, il faut les poursuivre, il faut continuer de recruter pour que la justice soit rendue plus rapidement, il faut augmenter les peines de substitution à la prison, améliorer les prisons elles-mêmes. Trop de gens s'imaginent encore que les prisons sont des hôtels cinq étoiles ! Ils n'ont pas dû séjourner à la Santé, ou ailleurs.

**La Santé ?**

La prison parisienne, pas le contraire de la maladie ! Mais parlons de la santé, justement ! Nous sommes maintenant mieux armés contre les pandémies. Certains s'opposent encore aux vaccins, mais là aussi, c'est une question d'éducation. Il faut continuer d'éduquer la population. La fin de vie soulève encore des interrogations, mais la légalisation de certaines formes d'euthanasie est maintenant entrée dans les mœurs. Il fallait bien s'adapter à une population vieillissante. Nous sommes, pour la plupart, destinés à devenir vieux, alors autant pouvoir quitter ce monde le plus dignement, le plus paisiblement possible. L'éthique s'adapte aux évolutions de la société. Ce n'est pas nouveau, ce n'est pas de la décadence comme le prétendent certains, c'est juste l'évolution normale de toute société.

**Un gouvernement doit-il toujours se soucier d'éthique ?**

Très bonne question, je vais vous répondre. Mais je voudrais auparavant dire un mot sur les citoyens eux-mêmes. Le fait d'être citoyen d'un pays implique des droits et des devoirs. Nul ne conteste les droits – sauf dans les pays qui ne sont pas démocratiques. Par contre, on oublie trop souvent les devoirs. C'est pourtant la base de toute vie en société. Il faut donc continuer de promouvoir le civisme, l'esprit citoyen. Et cela, dans la vie de tous les jours. Cela implique de faire évoluer les mentalités. Il faut persuader tout un chacun que le dialogue est préférable aux affrontements. Les grèves et autres mouvements qui prennent en otages des usagers doivent laisser la place au dialogue, à la concertation où chacun essaie de comprendre le point de vue de l'autre.

**N'est-ce pas là un vœu pieux, plus facile à dire qu'à mettre en pratique ?**

Non, même si la réalité peut être plus complexe que la théorie, la grève devrait être perçue comme un dernier recours exceptionnel, un aveu d'échec pour toutes les parties concernées. Il faut apaiser la vie des travailleurs et des citoyens. Chacun veut vivre en paix et en sécurité, être et se sentir protégé. Cela concerne aussi les foyers. Les violences familiales ne sont plus tolérées, ce n'est que justice.

**Êtes-vous partisan d'une VIe République ?**

Pourquoi vouloir changer la Constitution ? La nôtre peut s'adapter aux changements de la société. Elle a été conçue pour favoriser la stabilité. Méfions-nous aussi de la proportionnelle intégrale qui ne génère pas de majorité solide, et donne trop d'importance à de petits partis peu représentatifs, mais qui pourtant deviennent indispensables pour former une majorité. Sous prétexte de nouveauté, il ne faut pas retomber dans l'instabilité des Républiques précédentes, la III<sup>e</sup> et la IV<sup>e</sup>. Comme quoi, certains oublient trop facilement le passé !

**Vous avez fait des services publics de proximité un des thèmes majeurs de votre précédente campagne.**

Absolument ! Cela concerne aussi bien les services de l'État, que tout ce qui est nécessaire pour vivre : les fournisseurs d'énergie, d'eau, ou encore les médecins et pharmaciens, les commerces... On ne peut pas mettre des médecins partout, c'est vrai. Et pourtant, la population vieillit. Il faudrait au moins une personne dans chaque commune pour faciliter les choses quand il y a un problème. À elle d'agir, soit en organisant le transport d'une personne, ou une télé-réunion avec un médecin ou avec tel ou tel spécialiste. Avant tout, je voudrais rappeler qu'il n'y a jamais de solutions miracles. Et les « Yaka-Focon » du café du Commerce sont passés de mode ! Maintenant, je voudrais vous parler des trottoirs.

**Pardon ?**

Oui, des trottoirs ! Et des routes, des rues, de la circulation ! Vous savez que la fin de la vente des véhicules thermiques approche. C'est une très bonne chose ! Mais cela ne suffit pas, il faut maintenant s'intéresser aux déplacements de proximité. Vous n'avez pas cessé de me rappeler mon âge, je suis donc bien placé pour vous parler du déplacement pour les personnes âgées. Regardez nos trottoirs : ce sont les mal-aimés de la chaussée ! Quand ils existent, ils sont souvent étroits, souvent encombrés : on y trouve des véhicules, des panneaux de signalisation, des poubelles, des arbres même, et que sais-je encore ! Et, en plus, ils ne sont pas plats – contrairement à la route ou à la rue. C'est bien simple : un piéton doit constamment y regarder ses pieds, sinon il risque de se faire mal. En effet, on a privilégié l'accès aux garages pour les véhicules, le trottoir s'affaisse donc soudain devant l'accès aux habitations. Super pour les piétons, les personnes en fauteuil roulant ou les personnes avec un landau : ça descend, ça monte, un peu de plat, puis on recommence, de vraies montagnes russes, oui ! Et comme si cela ne suffisait pas, on a aussi décrété que les trottoirs devaient être des pistes cyclables : mais où mettre alors les piétons? Entre les vélos et les trottinettes, y a-t-il encore de la place pour les piétons ou faut-il tous les euthanasier ?

**Vous y allez un peu fort, Opticon Tesssour !**

Je vous ai dit que la population vieillissait, il faudrait bien s'y adapter dans la vie de tous les jours ! Cela suppose, entre autres, d'avoir de vrais trottoirs, larges et plats. S'ils doivent s'abaisser pour les véhicules, que cela ne soit qu'à leur extrémité, près de la chaussée. Les vélos et trottinettes devraient toujours avoir leur voie à part. Et, en rase campagne, il faut prévoir des routes plus larges, car n'importe quel automobiliste est susceptible de se transformer en piéton s'il tombe en panne, et si la route n'est passez large, il peut y risquer sa vie. Et puis, il faut arrêter de faire n'importe quoi ! J'ai même vu, dans un centre commercial, un rond-point pour piétons ! N'importe quoi ! Il a fini par être supprimé, mais cela a quand même pris quelques années !

## Tout ne tourne pas toujours rond...

L'affaire n'avait pas été rondement menée, je vous l'accorde ! Notez aussi, quand même, que je n'oublie pas les automobilistes. Il faudrait un jour en finir avec la priorité à droite. Quand vous êtes sur une grande route, une route de rien du tout sur votre droite peut être prioritaire. Ce n'est pas toujours facile à voir, cela peut causer des accidents. Et puis, il y a les ralentisseurs. Là aussi, on y voit du n'importe quoi ! La plupart ne sont même pas conformes à la réglementation. Certes, des associations veillent au grain, et en font démonter quand elles le peuvent. Les pouvoirs publics commencent aussi à s'en mêler. Il est temps de comprendre que beaucoup de ralentisseurs sont dangereux, qu'ils abîment les véhicules, et qu'ils font augmenter la pollution. Alors, des ralentisseurs, oui peut-être, mais il faut qu'ils soient conformes aux normes. Qui se soucie des chauffeurs de bus qui passent leurs journées à escalader et à descendre de ces ralentisseurs ? Il y a de quoi s'abîmer la santé !

## Et les radars ?

S'ils sont bien mis là où ils peuvent faire baisser le nombre d'accidents, pourquoi pas ? Je sais, personne ne les aime, mais s'ils peuvent sauver des vies, oui, pourquoi pas ? L'idéal serait de brider automatiquement tous les véhicules. Avec les véhicules autonomes, c'est d'ailleurs le sens de l'histoire.

**Opticon Tessour, mis à part la révolution des routes et des trottoirs, que proposez-vous d'autre pour rendre le monde plus humain ?**

La révolution de l'éthique ! Prenez le domaine des relations internationales. On ne veut pas heurter tel ou tel pays pour ne pas gêner notre commerce avec lui. Autrement dit, on est complaisant à souhait avec toutes les dictatures du monde, avec tous les régimes qui emprisonnent ou massacrent leurs propres populations, tout cela parce que l'on veut continuer de faire du commerce avec eux ! On oublie les Droits de l'homme pour pouvoir commercer en paix. Je sais : faire le contraire créerait des problèmes en France, il y aurait moins de croissance, plus de chômage. À court terme, oui. Mais à long terme, notre économie s'y adapterait. Certes, nous serions alors peut-être un pays un peu moins riche. Mais nous serions aussi un pays qui pourrait se regarder en face, et qui pourrait servir de modèle moral à d'autres pays. Et qui sait si cela ne finirait pas par infléchir certaines de ces dictatures sanguinaires ? Pourquoi baisser la tête devant la Chine et d'autres pays du même genre ? C'est plus facile à dire qu'à faire, me direz-vous. Absolument ! Mais c'est pourtant ce qu'il faudrait faire. C'est un choix de société. Si les Français votent pour moi, je ne leur promets pas la prospérité facile, je leur promets plus d'éthique, au risque de lendemains difficiles. Il faut le savoir, dire la vérité dès le départ. Demander des sacrifices n'a jamais été très populaire. C'est comme ce que j'ai dit pour la fiscalité : si l'on veut que l'État intervienne plus, c'est au risque d'une augmentation de la fiscalité. À moins d'une croissance exceptionnelle.

Mais si l'on met de l'éthique dans notre commerce international, la croissance risque de ne pas être exceptionnelle du tout. À chacun de choisir. Après tout, si nous avions un monde plus simple, plus local, et un peu moins riche, serions-nous forcément beaucoup plus malheureux ? On pourrait se poser la question. Cela ne devrait pas être un sujet tabou.

**Au niveau international, la France devrait donc, selon vous, se préoccuper davantage des Droits de l'homme, quitte à y perdre des parts de marché ?**

Je vous l'ai dit ! L'éthique avant tout ! Il faudrait aussi en convaincre tous les autres membres de l'Union européenne. Malheureusement, les populismes y font encore périodiquement des ravages, ici ou là. À croire que l'histoire n'en finit pas de se répéter et que les peuples n'apprennent jamais rien ! Mais enfin, il faut continuer de construire l'Europe, pour en faire un phare de la démocratie et de la liberté dans le monde. Que des peuples aussi disparates que ceux d'Europe puissent vivre en paix, après des siècles de guerres, n'est-ce pas déjà un exemple pour le monde ? Il reste encore à ce que les Européens le découvrent et qu'ils apprennent à aimer l'Europe. Grande tâche, mais ô combien noble et pacifique !

**Vous envisagez aussi d'unir davantage les pays démocratiques, n'est-ce pas ?**

Il faut remplacer les G7, G20, et G-ce-que-vous voudrez, par une Union des Pays démocratiques. Pour qu'un pays en soit membre, il faudrait qu'il respecte les

Droits de l'homme, et donc la liberté d'expression, qu'il y ait une presse libre, des élections libres avec des électeurs bien informés, et sans magouille électorale d'aucune sorte. Cette Union devrait faciliter les échanges entre tous les pays concernés, aussi bien les échanges culturels que commerciaux. Ce serait aussi une force vis-à-vis des autres pays, une force d'attraction, mais aussi une force économique et politique. Bien sûr, il ne s'agit pas de faire une ONU bis, mais plutôt d'élargir la philosophie qui a vu naître l'Union européenne. Je vous ai dit que de faire de l'éthique une priorité pouvait nous conduire à une chute de nos revenus commerciaux, à une hausse du chômage. Avec cette Union, nous pourrions diminuer ce risque.

**En fait, vous ne proposez jamais qu'un accord supplémentaire sur le commerce international, comme on en a déjà vus.**

Détrompez-vous, ce serait plus que cela. Cette Union aurait certes un aspect commercial, mais aussi éthique, je le redis décidément encore ! Elle devrait être une référence. On dit que les peuples heureux n'ont pas d'histoire – on peut mettre le mot au singulier comme au pluriel. Cela, parce que l'histoire, c'est trop souvent l'histoire des guerres. Or, là, il s'agirait d'écrire une nouvelle histoire, celle de la démocratie et de la paix universelles. Cette Union s'attaquerait aux causes des guerres, comme par exemple les manœuvres d'empires autocratiques, le sentiment d'injustice ou d'humiliation perçu par certaines populations, le difficile partage des ressources naturelles, le racisme, le fanatisme religieux.

Il appartient aux démocraties d'être des modèles. Certes, nul n'est jamais irréprochable, et certains pays démocratiques le sont moins que d'autres. Mais il y a toujours un minimum à respecter.

**Utopique !**

Non, réaliste et indispensable ! Si l'on ne veut plus vendre des armes, des voitures ou des avions à des dictatures, il faut pouvoir continuer de les vendre à des pays démocratiques. Les armes, ce serait bien sûr pour leur défense uniquement. Un pays démocratique qui mènerait une guerre offensive, cela devrait être impensable.

**Vraiment ? Prenons le cas d'Israël qui est considéré comme une démocratie. Nous sommes en 2033, et il n'y a toujours pas d'État palestinien. Cela fait des dizaines d'années que les Israéliens et les Palestiniens s'attaquent périodiquement. Israël, est-ce bien une démocratie ?**

Une démocratie bien imparfaite, sans doute. Israël ne respecte pas les résolutions de l'ONU. Cela montre, une fois de plus, les faiblesses de celle-ci. Les Palestiniens ne sont toujours pas près d'avoir leur État à eux. Au contraire, les extrémistes de droite continuent d'appuyer l'implantation de colonies sur leurs terres. Il faut dire que les Palestiniens sont divisés, ce qui n'arrange pas leur situation. De nombreux pays ne sont pas des démocraties. C'est le cas de la Chine, par exemple, qui ignore la liberté d'expression et persécute les Tibétains et les Ouïgours.

**Et qu'en est-il des États-Unis, toujours en prise avec le racisme et les inégalités ? Et que dire des pays qui rechignent à donner l'indépendance à certains de leurs citoyens qui la souhaitent ?**

Nous n'allons pas faire le tour de tous les pays ! La démocratie est un long chemin, parfois chaotique, ce n'est pas un long fleuve tranquille. C'est un combat toujours renouvelé, parfois douloureux, car il peut demander des sacrifices, comme d'accepter la volonté de citoyens qui veulent vivre leur vie à part, sans vous. Mais beaucoup de situations sont complexes.

**Qui ferait alors partie de votre club ?**

Ce serait aux pays membres de cette Union de se coopter. Mais il est sûr que nous ne vivons pas au pays des Bisounours ! C'est dommage, mais c'est ainsi !

**La priorité n'est-elle pas plutôt de réformer enfin le Conseil de sécurité de l'ONU ?**

Cela fait des années qu'on n'y arrive pas, et ce n'est pas la faute de la France ! Il est assurément grand temps que ledit Conseil soit plus représentatif du monde actuel et, surtout, qu'il ait plus de pouvoir pour empêcher les guerres et combattre les injustices, les inégalités. Le doit de veto des grandes puissances est une aberration qui aurait dû être supprimé depuis bien longtemps. Mais réformer l'ONU n'empêche pas d'essayer d'améliorer la situation internationale autrement.

**La France compte-t-elle encore pour quelque chose dans le monde ? Quelle influence pourrait-elle encore avoir ?**

La France d'aujourd'hui a certainement perdu de sa superbe. Mais si son importance relative a diminué, elle n'a pas disparu. Vous savez, le monde est comme un gâteau. Avant, le gâteau était petit, et la France en avait une grosse part. Aujourd'hui, le gâteau est beaucoup plus gros, et la part donnée à la France est plus petite. Mais cette part est quand même plus grande que celle du premier gâteau. Il en va de même pour l'Europe. Certes, le gâteau, c'est surtout vrai pour l'économie de la France. Pour l'influence de la France dans le monde, il faut maintenant s'appuyer sur l'Europe.

**Vous me donnez faim !**

Désolé, je n'ai pas de gâteau à vous offrir ! Mais, concernant l'Europe, je redis qu'il faut apprendre aux Européens à l'aimer. Elle nous est indispensable, et il y va de notre paix, de notre sécurité.

**Jusqu'où va l'Europe ?**

Bonne question ! Le Conseil de l'Europe a toujours été beaucoup plus large que l'Union européenne, avec des pays comme la Turquie, les pays du Caucase, la Russie. Quelle est la culture européenne ? L'Europe n'est pas une île, on le sait, ni même un continent, géographiquement parlant, c'est tout au plus un sous-continent, comme l'Inde. Je plaide pour une grande

Europe, mais il faut tout d'abord que cela soit accepté par les Européens eux-mêmes, ce qui n'est pas gagné.

**Opticon Tessour, vous avez maintenant 83 ans...**

Allez, c'est reparti ! Ça vous tracasse vraiment, cette histoire d'âge ! Mais il n'y a pas de quoi ! Faites le calcul vous-même ! Le président ne peut pas faire plus de deux mandats. Si je suis élu à 87 ans comme prévu, je prendrai forcément ma retraite à 97 ans. Après tout, la reine Elizabeth II est bien morte en tant que reine à 96 ans. Son mari le prince Philipp est même mort à 99 ans. Il n'y aura donc aucun problème, rassurez-vous !

**Vous vous prenez donc pour un futur roi ? On en revient aux rois fainéants !**

Jeune homme, mesurez vos propos ! Vous parlez au peut-être futur président de la France ! Je plaisante ! Enfin non, je compte bien gagner l'élection, à 87 ans, ne vous en déplaise !

**Il ne vous vient pas à l'idée que vous pourriez partir avant ?**

Démissionner ? Jamais ! Tel le capitaine d'un navire, je resterai à mon poste, même s'il venait à couler !

**Je voulais dire aller définitivement dans un endroit plus reposant...**
Une maison de retraite ? Tel un vaillant général, je ne battrai jamais en retraite !

**Bon ! Vous le faites exprès ?**

Assurément ! Mais c'est de votre faute, cessez donc de vous tracasser pour un problème qui n'en est pas un ! Et puis, quand bien même ! N'importe qui peut partir à n'importe quel moment, on le remplace, et puis voilà !

**Et puis voilà ?**

Et puis voilà, oui ! Mais excusez-moi, maintenant, je dois vous laisser, j'ai une lettre importante à écrire ! En tout cas, merci pour ce moment ! J'ai été ravi de cet entretien. Comme promis, il sera diffusé sans censure d'aucune sorte. Il ne reste plus à tout un chacun qu'à faire, le moment venu, le bon choix, le bon choix pour la France !

**Je vous remercie, Opticon Tessour, en mon nom et au nom de mon journal « Le cri du poisson rouge ». Puissiez-vous entendre ce cri, c'est tout ce que je vous souhaite !**

À vos souhaits, alors ! Mais soyez rassurez, j'ai entendu ce cri ! Le cri du poisson rouge, celui de la nature, de l'écologie donc, celui du réchauffement climatique, mais aussi le cri du peuple, celui qui veut, qui réclame, qui exige une présidence fidèle aux valeurs de la République : la Liberté, l'Égalité et la Fraternité ! Ces valeurs qui sont aussi les miennes, et qui dictent et dicteront mes choix, mes décisions, et mon action.

**Puisque vous le dites...**

# XI

## Lettre à Élise : Élisez-moi à l'Élysée !

Chère Élise,

Beethoven avait écrit une lettre à une certaine Élise, mais ce n'était pas vous. Du reste, il n'est même pas sûr que « La lettre à Élise » ait jamais été destinée à une Élise. Et sa lettre n'était d'ailleurs pas une lettre, mais une pièce musicale. Mais, Élise, vous représentez pour moi, telle une nouvelle Marianne, la France que je connais, celle qu'il faut convaincre – j'allais écrire séduire, mais non ! Il ne s'agit pas de vous séduire, mais bien de vous convaincre de faire le bon choix lors de la prochaine échéance électorale présidentielle. Ces quelques mots vous sont donc spécialement destinés, sans qu'un journaliste ne vienne plus s'interposer entre nous.

Élise, où en êtes-vous en 2033 ? Que devenez-vous donc ? Certes, je vous connais, je sais que vous ne pouvez pas me répondre comme cela, en deux ou trois mots. Alors, je vais répondre à votre place, ce sera plus simple et plus rapide. Je connais votre voix, et je vais parler pour vous, car je suis certain que vous me donnerez votre voix le moment venu.

Que voulez-vous, que souhaitez-vous, Élise ? Vivre en paix et en bonne santé, dans un pays prospère, soucieux des valeurs humaines, aussi bien chez lui qu'en dehors de ses frontières. Vivre en paix et en sécurité, c'est avoir suffisamment de ressources pour ne pas trop se soucier du lendemain, pour soi comme pour sa famille ou ses relations. Cela dépend de soi, mais pas uniquement, cela dépend aussi des employeurs et de tous les services publics qui peuvent apporter leur appui quand on cherche un emploi. Vivre en paix, c'est aussi vivre en sécurité, sans peur. Les pouvoirs publics y contribuent par leurs actions, et les citoyens par leur civisme. Avoir une bonne santé, cela dépend également de soi, mais aussi de l'État et des services publics, car ce sont eux qui gèrent l'éducation à la santé, l'implantation des hôpitaux, et qui peuvent agir sur celle des médecins. Ils s'occupent aussi de la prévention et des vaccinations. Un pays prospère soucieux des valeurs humaines ? C'est à chacun d'y concourir, d'apporter sa petite pierre à l'édifice. Mais, bien sûr, il revient à l'État, aux collectivités publiques et aux services publics de faire le plus gros du travail.

C'est pourquoi, Élise, votre vote sera essentiel en 2037. Je sais déjà que je pourrai compter sur vous – sur vous, et sur le vote de toutes les Françaises et de tous les Français, auxquels je m'adresse maintenant.

Coluche disait, lors de sa candidature à la présidentielle : « Jusqu'à présent la France est coupée en deux, avec moi elle sera pliée en quatre.» Françaises, Français, je ne vous ferai pas la même promesse, mais le cœur y est !

Quelle sorte de président voulez-vous ? Quelqu'un qui dirige tout, ou quelqu'un qui sait s'entourer des personnes les plus compétentes, les écouter, et qui intervient en tant que votre représentant, élu par vous ? Quelqu'un qui vous ressemble, qui vous comprend ?

Je suis candidat à l'Élysée parce que je suis comme vous et que je vous comprends. Mais il y a plus.

Pourquoi donc, vous tous, voteriez-vous pour moi, et non pour telle candidate, tel candidat ? Tout simplement, parce que par ma candidature je donnerai un cœur à la France. Nul n'a le monopole du cœur, certes, je ne dirai pas le contraire. Mais moi, j'ai un gros cœur (sans avoir le cœur gros), un bon cœur que je ne demande qu'à partager. En outre, donner un cœur à la France, cela ne dépend pas seulement de moi. Donner un cœur à la France, ce sera une œuvre collective, où chacun aura à cœur de donner une part de lui-même pour que chacun puisse vivre mieux, plus heureux. Il s'agira d'encourager tout ce qui permettra de rendre la vie de chacun plus riche, plus intéressante, plus stimulante. Nous sommes tous dans le même bateau, le même vaisseau Terre, dans la partie appelée la France, et c'est ensemble que nous pourrons rendre cet espace plus vivant, plus agréable.

Françaises, Français, chère Élise, que voulez-vous vraiment ? Osez prendre de la hauteur pour le savoir ! Rappelez-vous que selon la philosophie antique, tout ce qui importe, tout ce qui mérite qu'on lui consacre notre vie, c'est la recherche du Bien, du Vrai et du Beau.

Le Bien, c'est la justice, les Droits de l'homme, c'est la devise de la République : Liberté, Égalité, Fraternité. Le Bien, c'est la ligne de conduite que chacun devrait toujours suivre, c'est le respect des lois, et même plus. C'est l'humanisme, l'amour de l'humanité, le souci du bien commun et du bien de chacun, de l'humanité, mais aussi de tout ce qui vit, de notre planète et de la vie en général. Le Bien, c'est le plus important, le plus essentiel des piliers de notre trilogie républicaine.

Le Vrai, c'est le savoir. Savoir, plutôt que croire. La connaissance, l'éducation, c'est la clé de la réussite. Le Vrai, c'est une recherche perpétuelle, un combat contre l'ignorance et contre nos propres préjugés, nos propres illusions ou raisonnements fautifs. Le Vrai, c'est ne pas avoir peur de remettre nos croyances en question quand elles se heurtent à la réalité des faits. Le Vrai, c'est donc aussi une attitude, celle de l'humilité intellectuelle, car non seulement on se trompe souvent, mais aussi, on ne saura jamais tout.

Le Beau, enfin, c'est la culture, l'art qui donne une âme à une société. Que serait le monde sans tout son patrimoine, ses édifices, majestueux ou modestes, ses peintures, ses partitions de musique, ses chants, ses rites, ses ouvrages littéraires, ses traditions culinaires ? La culture, c'est tout cela, et bien plus encore ! Tout n'y est pas forcément bien, ni vrai, c'est pourquoi le Beau est soumis au Bien et au Vrai. Mais attention ! Il ne s'agit pas de s'ériger en censeurs comme dans certains pays où la culture est soumise à un pouvoir dictatorial qu'elle doit servir docilement ! La culture doit être libre, dans le respect du bien commun.

Le Bien, le Vrai et le Beau, voilà donc ce que vous voulez vraiment, sans l'avoir forcément jamais formulé ainsi, voilà en tout cas ce qui constituera les trois piliers de ma candidature à l'Élysée.

Il faut un président à la France. Un président pour tous les Français. Ou une présidente, j'en conviens. À défaut d'être cette femme, je serai cet homme si vous m'accordez vos suffrages. Pour reprendre un ancien slogan électoral : Donnez-vous le pouvoir ! Le pouvoir du changement, car le changement, c'est maintenant.

Ensemble, nous allons faire battre le cœur de la France – la France en grand, la France ensemble. La France qui demande du sérieux, du solide, du vrai. Ensemble, tout deviendra possible. Mettons-nous donc dès maintenant en marche.

La France est un beau pays. Ensemble, nous le rendrons encore plus beau. Par la concertation, le dialogue, nous ferons en sorte que chacun y trouve sa place et s'y sente bien, chez soi, membre à part entière d'une grande famille, solidaire et aimante. Ensemble, fuyons les divisions et les vaines querelles. Ayons le cœur à gauche, pour bien aimer, le portefeuille à droite, pour bien gérer, et la fleur aux dents pour bien humer l'air de la vie et de la nature.

La vie est à aimer, et il appartient à chacun de la rendre aimable. C'est le rôle de chacun, et des gouvernants en particulier, pour aider chacun à y trouver sa place. C'est là tout le sens de ma candidature.

La vie est courte, mais elle devrait être passionnante pour tout le monde. La vie est une chance, vivre est une chance. Saisissons-la, vivons, votons !

Osez donc l'Élysée pour Opticon  Tessour !

Votez Opticon Tessour !

Élisez-moi à l'Élysée !

Vive la République, vive la France !

Bien à vous,

Opticon Tesssour

# Sommaire

## Avis à la population

Si vous souhaitez soutenir la candidature d'Opticon Tesssour à la présidentielle de 2037, merci de laisser dès maintenant un mot de soutien sur les sites de vente en ligne comme Amazon ou la Fnac, sur les sites de bibliophiles, ou sur les réseaux sociaux.

Du même auteur :

## Tout cela a-t-il un sens ?

Comprendre la vie, le monde et l'histoire
grâce aux... poissons rouges !

Comment expliquer le monde qui nous entoure, ce tourbillon de vie qui entraîne tout ce qui existe ? Pourquoi la vie ? Pourquoi la mort ? Tout cela a- t-il un sens ? Opticon Tessour, le chercheur français mondialement inconnu, formé dans les plus grandes universités comme Cambridge et Harvard, dérange les mythologies, les religions et la théologie, la philosophie, l'histoire, la science et la littérature pour tenter d'expliquer l'inexplicable. Dans un style limpide comme l'eau de pluie que traverse l'arc-en-ciel un jour d'été, il dévoile enfin le pourquoi du comment du sens de l'histoire. Et cela, grâce à ses poissons rouges ! Ceux-ci, pourtant muets comme des carpes, nous donnent ensuite leur point de vue, ou du moins celui d'Opticon Tessour lui-même qui, s'étant assoupi dans son spa après un repas bien arrosé, s'est vu en poisson rouge. Opticon Tessour a alors tout compris : le Big Bang, la naissance des atomes, puis celle des poissons rouges, leur vie mouvementée, leur destin singulier, et partant celui de l'Univers entier.

Les poissons rouges peuvent-ils nous apprendre à être heureux comme des poissons dans l'eau ? Ou simplement à nous imprégner de leur ineffable sérénité ? Voici un livre pour en être persuadé. C'est en tout cas l'opinion qu'Opticon Tessour partage avec lui-même. Cela peut avoir du sens, et puis l'histoire ne devrait pas finir en queue de poisson ! Afin de tirer le meilleur parti de ce livre, il ne vous sera pas nécessaire de vous mettre dans la tête d'un poisson rouge, ni de demander à votre poisson rouge préféré des explications si vous ne comprenez pas tout, mais peut-être qui sait si entre lui et vous, les similitudes ne sont pas plus grandes qu'escompté ? Dans ce cas, les réponses données à vos poissons rouges ou par les poissons rouges seraient aussi les vôtres, et vous pourriez alors comme eux nager dans leur apaisante sérénité...

*Le livre d'Opticon Tessour*
*« Tout cela a-t-il un sens ? » (558 pages)*
*est vendu en ligne sur les sites comme*
*Amazon, la Fnac, Cultura, etc.,*
*au prix de 18,99 euros en version papier*
*et 2,99 euros en version numérique.*

## Le cri du poisson rouge

Le cri du poisson rouge ? Mais quel peut être ce cri, puisque les poissons, rouges ou non, sont tous muets comme des carpes ? La nature de ce cri, c'est ce que ce livre vous propose de découvrir, ainsi que plusieurs anecdotes concernant les poissons, rouges ou non. Des anecdotes qui en disent aussi beaucoup sur le genre humain lui-même.

Opticon Tessour, le célèbre auteur de *Tout cela a-t-il un sens ?,* signe ici un livre qui fera date pour qui s'intéresse aux poissons, rouges ou non.

Joël Carobolante, trésorier honoraire de l'Association ataraxique des amis des animaux aquatiques et des amphibiens, a préfacé cet ouvrage.

*Le livre d'Opticon Tessour*
*« Le cri du poisson rouge» (104 pages)*
*est vendu en ligne sur les sites comme*
*Amazon, la Fnac, Cultura, etc.,*
*au prix de 5,99 euros en version papier*
*et 2,99 euro en version numérique.*

Quelle sera la suite de l'histoire d'Opticon Tessour ?

Pour le savoir, tapez « Opticon Tessour » de temps en temps sur votre moteur de recherche, ou sur les sites de vente de livres...